Lesehefte für den Literaturunterricht

In neuer Folge herausgegeben von
Alfred C. Baumgärtner und Rainer Siegle

Hans Bertram

Flug in die Hölle

(Auszug)

mit Materialien
zusammengestellt von
Rainer Meisch

Ernst Klett Verlag
Stuttgart Düsseldorf Leipzig

Gedruckt auf Papier aus
chlorfrei gebleichtem Zellstoff,
säurefrei.

1. Auflage A 1 6 5 4 3 2 | 2004 2003 2002 2001 2000

Alle Drucke dieser Auflage können im Unterricht nebeneinander benutzt werden, sie sind untereinander unverändert. Die letzte Zahl bezeichnet das Jahr dieses Druckes.

Internetadresse: http://www.klett-verlag.de

Dieses Werk folgt der reformierten Rechtschreibung und Zeichensetzung. Ausnahmen bilden Texte, bei denen lizenzrechtliche Gründe einer Änderung entgegenstehen.
Umschlag: Manfred Muraro, Stuttgart.
Gesamtherstellung: Wilhelm Röck, Weinsberg.
ISBN 3-12-262110-X

Inhalt

Der Nachtflug

Südsee – ein Dichter müsste man sein, ihre Schönheit zu besingen! Seit vielen Jahren reist man umher: China, Indien, Persien, Siam – was weiß ich, wie viel Länder man gesehen hat. Da besteht die Gefahr, dass das Auge abstumpft, müde wird vom vielen Sehen, die Eindrücke nicht mehr verarbeiten kann.

Diese Zeilen schreibe ich in einer großen Stadt, eingeengt von einem kalten, sonnenlosen Himmel, von erdrückenden Steinhaufen moderner Baukunst. Wie soll man da von der Südsee erzählen, von den Trauminseln, den Farbsymphonien von Wasser, Strand, Palmenwald und Himmel? Aber ich brauche nur die Flugkarte herzunehmen, ein roter Strich geht quer durch den Inselarchipel der Südsee: Java, Bali, Lombok, Sumbawa, Bima. Sprechen die Namen nicht schon von etwas Geheimnisvollem?

13. Mai – Insel Bima – Ruhetag. Die *Atlantis* liegt bewegungslos an der Boje. Die Bucht ist vollkommen geschützt, ringsum eingeschlossen von Vulkanbergen, nur durch ein enges Felsenloch ist Verbindung mit der See – ein herrlicher Wasserflughafen. Unbeschreiblich schön ist das Bild unserer Umgebung. Dunkle Berge, wie angeklebt Reisfelder, saftig grün. Eingeborenenhütten verstecken sich unter und hinter den Palmenwäldern, darüber ein wolkenloser Himmel. Ein schneeweißer Sandstrand trennt dieses Bild von der scharfen Widerspiegelung im tiefblauen, kristallklaren Wasser. Dünne Rauchwolken steigen zwischen den Palmen senkrecht empor – es ist die einzige Bewegung. Hier ist der große Friede. Menschen scheint es außer Klausmann und mir nicht zu geben.

Wir liegen auf den Schwimmern, lassen uns von Zeit zu Zeit ins Wasser fallen, liegen auf dem Rücken und treiben. Zum Schwimmen sind wir viel zu müde. Dann kriecht man auf die Tragflächen und lässt die Sonne brennen. Die Tro-

pensonne kann uns nicht mehr schaden, wir sind schwarz verbrannt wie Neger.
In die Stille kommt ein leises Plätschern, sicherlich ein Fischerboot, das vorüberfährt. Ich bin zu faul, auch nur die Augen aufzumachen, und döse weiter.
„Ja, Menschenskinder, was macht denn ihr hier?"
Vor Schreck falle ich beinahe vom Flugzeug ins Wasser, springe auf. Da kommt das Boot heran, zwei Eingeborene rudern – und im Boot stehend ein – ja, was ist er – Eingeborener, Weißer, Seeräuber?
„Kann man mal zu euch an Bord kommen? Ihr müsst mir etwas vom alten Berlin erzählen!"
Aber der spricht ja deutsch! Hier auf der Südseeinsel lebt meines Wissens kein weißer Mann. Hier trifft man einen Landsmann – und ausgerechnet einen Berliner?
„Ich habe auch etwas mitgebracht – Kaffee und Berliner Pfannkuchen – selbst gebacken!"
„Raufkommen – nur ran!"
Klausmann ist auch aufgewacht, hat die Situation rascher erfasst als ich, als er etwas von Pfannkuchen hört. Dann ist er heran, der Berliner Seeräuber – denn dass er das ist, davon bin ich immer noch überzeugt.
Nachmittagskaffee auf der Tragfläche eines Flugzeugs in der Südsee. Wir sind vornehm heute: Ein Handtuch wird über das Metall gedeckt, Kaffee in der Thermosflasche gereicht, dann gibt's Pfannkuchen, eine gute Havanna – und dazu ist Besuch aus Berlin gekommen. Es ist alles so unwahrscheinlich wie die Geschichte, die unser Gast auftischt:
„Wie ich hierher kam? Na, eben mit einem Schiff vor drei Jahren von Europa bis Java. Was ich hier tue? Im Augenblick liegt mein eigenes Schiff zur Reparatur drüben auf dem Strand. Ich hatte keine Lust mehr, dieses Theater im alten Europa mitzumachen, habe mir von den letzten Groschen in Java ein Boot bauen lassen und schipper nun seit

dieser Zeit hier zwischen den Inseln umher, habe drei Eingeborene an Bord – na, und so."

Der Besucher schmatzt zufrieden seine Pfannkuchen, erzählt die tollsten Dinge von Stürmen, Kämpfen mit allen möglichen Tieren, begeistert sich an den eigenen Worten.

„Dann vor allem die Nächte! Sind Sie schon mal durch eine Südseenacht geflogen? Nein? Aber das ist doch das Schönste, was es auf dieser Seite der Erdkugel geben kann!" Er ereifert sich ordentlich. „Sie sollten unbedingt einmal nachts losbrummen. Wann wird diese Gelegenheit für Sie wiederkommen?"

So geht es stundenlang. Mir schwirrt der Kopf von all den Schönheiten, womit uns der fantasiereiche Berliner überhäuft. Etwas enttäuscht ist er, dass es keinen Schnaps bei uns gegeben hat. Er versteht nicht, dass an Bord Alkoholverbot herrscht.

„Kann bei mir nie passieren", versichert er. „Wenn ich auch keine Berliner Weiße habe, irgendwas Brennbares gibt's immer. Sollten Sie auch tun, das kann sonst auf die Dauer nicht gut gehen."

Kopfschüttelnd verabschiedet er sich, lässt seine Heimat grüßen: „Es war doch manchmal schön im ollen Berlin, der Reichshauptstadt, aber an die Südsee – nee –, an die Südsee kann der Wannsee nich tippen!"

Es ist Abend geworden. Nur eine kurze Dämmerung, dann erscheinen die ersten Sterne. Ich liege noch immer auf der Tragfläche und starre in die Nacht.

„Wir sind tatsächlich noch nicht durch eine Südseenacht geflogen!" Das ist es, stets kommt dieser Gedanke zurück und bohrt.

„Muss ja wirklich schön sein", meint Klausmann. Er liegt neben mir, unsere Gedanken waren mit dem Gleichen beschäftigt.

„Unsinn! Erstens ist heute der Dreizehnte – es wird also

nicht geflogen, und dann haben wir keinen Wetterbericht."
„Es braucht ja nicht heute zu sein. Morgen fliegen wir eine Tagesetappe, lassen uns einen Wetterbericht beschaffen und können die nächste Nacht fliegen."
Das würde allerdings gut ins Flugprogramm passen. Morgen geht es weiter durch den Archipel nach Kupang, Insel Timor. Dann liegt vor uns die Timorsee, achthundertvierzig Kilometer Seestrecke. Wenn wir in der Nacht fliegen, könnten wir beim Morgengrauen die australische Küste erreichen. Es wäre fein, bei Sonnenaufgang im fünften Erdteil zu landen. Es ist ein Sonntag.
Der Entschluss wird gefasst. Morgen Nachtflug – und wir können nicht wissen, dass dieser Entschluss der Auftakt zu einer Tragödie ist. Wir selbst stoßen mit diesem Nachtflug an das Rad des Schicksals, das jetzt seinen Weg rollt.

*

Die See ist unruhig. Wir müssen vorsichtig tanken. Das schwere Tankboot schlägt gegen die Schwimmer. Die Benzinfässer sind nicht zu öffnen, die Füllstutzen festgerostet. Dazu arbeiten die Eingeborenen zu langsam und umständlich. Ein Saustall ist dieser ganze Betrieb hier, wie überhaupt dieser vierzehnte Mai ein Pechtag zu sein scheint. Schon am Morgen hat's angefangen. In Bima drei erfolglose Startversuche. Zum Schluss stellt sich heraus, dass ein Schwimmer leckt. Auspumpen, abdichten, gegen Mittag endlich geht's los, Richtung Timor. Kostbare Zeit ist verloren, es dunkelt bereits, als die Insel vor uns liegt.
Im ungeschützten Hafen von Kupang steht schwere Dünung. Auch das noch! Ich muss weiter südlich in einer geschützten Bucht landen, zehn Meilen vom Hafen entfernt. Es dauert Stunden, bis das Boot mit dem Betriebsstoff herankommt, wird bereits Nacht. Und in dieser Nacht wollen wir doch fliegen. An Schlaf ist nicht mehr zu denken. Punkt zwölf Uhr, Mitternacht, soll's losgehen.

„Weshalb wollen Sie sich so sehr beeilen, weshalb wollen Sie nicht ein paar Tage hier bleiben, die schöne Insel Timor ansehen?“, fragt ein Reporter, der mit dem Boot an Bord gekommen ist.
Eigentlich hat er Recht. Man fliegt im wahrsten Sinne des Wortes an den Schönheiten der Welt vorüber, sieht für Minuten aus der Vogelschau ein neues Land und schon ist man viele Meilen weiter.
„Wenn wir zurückkommen. In drei Wochen wollen wir rund um Australien, dann den gleichen Weg zurück durch die Südsee nach China. Heute Nacht wollen wir über die Timorsee.“
Der Pressemann ist begeistert. Der Nachtflug bedeutet für ihn eine interessante Schlagzeile. Reporter sind überall gleich, ob in Berlin, New York oder in der Südsee.
10 Uhr 30 haben wir getankt. Die Benzinmenge reicht für siebeneinhalb Flugstunden. Port Darwin – das Ziel an der australischen Küste – können wir in fünfeinhalb Stunden erreichen, wir haben also zwei Stunden Reserve. Ich hatte beabsichtigt, unseren Proviant in Kupang zu ergänzen. Da die Arbeit des Tankens so spät nachts beendet ist, kann ich nicht mehr zum Einkauf in die Stadt fahren. Wir müssen uns mit ein paar Bananen begnügen, die uns der Pressevertreter schenkt. Für die Nacht reichen die Bananen aus und am nächsten Morgen werden wir ja ein gutes Frühstück in Port Darwin haben – so denken wir.
„Hals- und Beinbruch!“ Man wünscht uns das Beste, dann verschwindet das Boot in der Dunkelheit.
Ich kann heute nicht mehr mit Bestimmtheit sagen, welche Gedanken wir in der letzten Stunde vor dem Nachtstart hatten, ich weiß nur, dass die Spannung auf etwas Ungewöhnliches in uns war. In Decken gehüllt liegen wir auf den Tragflächen, über uns leuchtet der Sternenhimmel der südlichen Erdhalbkugel – eine wundervolle Nacht – der Zauber der Südsee.

11 Uhr 30 beginnt die Arbeit. 11 Uhr 45 ist der Anker eingeholt, 11 Uhr 50 läuft der Motor. Punkt 12 Uhr gebe ich Vollgas zum Start. Der Motor dröhnt mit einem Misston in die Ruhe der Südseenacht. Ein paar leichte Sprünge über das Wasser, schnell und schneller jagt die Maschine in die Dunkelheit – dann fliegen wir. Unter uns die vom Mondlicht silberne See, die dunklen Wälder der Insel Timor, über uns funkelnde Sterne – die Unendlichkeit.

Kurs 105 Grad, Richtung Port Darwin, Flughöhe 300 Meter. Timor liegt hinter uns, vor uns die 840 Kilometer lange Seestrecke. Im Süden hängen einzelne Wolkenfetzen – schon nach wenigen Minuten größere Wolkenballen. Schlechtwetter kann's nicht geben, da die letzten Wetterberichte vom Abend gut waren. Es kommt anders.

12 Uhr 45 liegt vor uns in Flugrichtung eine geschlossene Wolkenbank. Ein Umfliegen ist unmöglich, es würden vielleicht Stunden dazu nötig sein. Wir müssen über die Wolken, um Mondlicht oder den Sternenhimmel zu haben. Die Maschine steigt gut – 1500, 2000 Meter. Es ist bitter kalt im offenen Führerraum. Wir tragen den Fluganzug für Tropenflüge: Lederweste, kurze Hose, Strümpfe und Schuhe. Wer hätte gedacht, dass wir in den Tropen frieren würden, nachdem beim Flug rund um Asien die Sonne unsere Körper fast ausgedörrt hatte? Klausmann geht zurück in die Kabine, zieht einen Bademantel an. Ich habe keine Zeit dazu. Es ist böig geworden. Ich kann das Steuer nicht loslassen.

2500 Meter. Die Wolkenbank – jetzt dicht vor uns – ist noch höher. Vor der Wolkenbank drehe ich bei, fliege eine größere Kurve, um Höhe zu gewinnen; aber kostbare Zeit geht verloren und es hilft nichts. Ich muss durch die Wolken – also Blindflug!

Ein letztes Überprüfen der Instrumente. Sie arbeiten alle gut. Im nächsten Augenblick ist es dunkel um uns – wir sind in der „Waschküche". Ein Blindflug ist immer unangenehm. Das fliegerische Gefühl lehnt sich dagegen auf, den Instru-

menten zu gehorchen; da man aber beim Fliegen keinen Gleichgewichtssinn hat, wenn man den Horizont nicht sieht, muss man so handeln, wie es der künstliche Horizont, das Kreiselinstrument, vorschreibt.
Ich steige weiter, versuche nach oben durchzustoßen.
1 Uhr 30. 3000 Meter – 3100 – 3200 Meter. Der oberste Wolkenrand ist noch nicht erreicht. Wir können kaum länger in dieser Höhe bleiben. Ich habe nicht die Zeit, den Bademantel anzuziehen. Aber auch Klausmann ist vollkommen starr, der dünne Mantel kann die Kälte in dieser Höhe nicht abhalten. Pelzsachen bedeuten beim Tropenflug unnützen Ballast, sind also nicht an Bord.Kurz vor zwei Uhr sind wir auf 3400 Meter, immer noch blind fliegend, aber nun am Ende unseres Widerstands gegen die Kälte. Wir müssen hinunter, müssen Körperwärme haben, um durch die Nacht zu kommen.
Ich gehe vorsichtig tiefer, will nach unten durchstoßen. Hoffentlich ist der untere Wolkenrand nicht zu dicht über der See, denn unterhalb der Wolken wird es tiefdunkel sein. Das Flugzeug wird umhergeworfen. Ein starker Wind bläst aus unbekannter Richtung. Ohne die Sterne oder die Wasserfläche zu sehen, können wir die Abtrift der Maschine nicht feststellen, die Windrichtung nicht wissen. Aber das soll im Augenblick noch nicht meine Sorge sein, da ich mich jetzt darauf konzentrieren muss, das Flugzeug zu halten und den Blindfluginstrumenten zu gehorchen.
1000 Meter. 500 – 400 – 300 Meter. Die Wolken gehen bis aufs Meer hinunter. Tiefer können wir nicht, da ich nicht weiß, ob unser Höhenmesser noch stimmt. Der Luftdruck kann im Augenblick anders sein als bei der Einstellung des Höhenmessers am Abend vorher. Vielleicht fliegen wir in Wirklichkeit nur wenige Meter über der pechschwarzen See. Die Uhr geht unendlich langsam. Erst gegen 5 Uhr 20 wird die Dämmerung einsetzen. Wir teilen uns die Arbeit des Fluges. Klausmann hält Kompasskurs. Ich fliege weiter nach Instrumenten.

Eine gefährliche Situation gegen drei Uhr. Wir sind übermüdet. Der eintönige Lauf des Motors ist wie ein Schlaflied. Beide sind wir einen Augenblick nahezu eingenickt – es gibt ein jähes Erwachen, als sich das Flugzeug aufbäumt. Ein Abrutschen der Maschine über den Flügel würde in dieser Höhe das unbedingte Ende bedeuten, wir würden in wenigen Sekunden auf dem Meeresspiegel zerschellt sein, bevor wir abfangen könnten.

Der Kampf gegen den Schlaf ist fast schwerer als der gegen Dunkelheit und Sturm. Die Lippen sind wund von den tief eingegrabenen Zähnen. Man stößt und kneift sich dauernd – und die Uhr geht nur im Schneckentempo unendlich langsam weiter. Es ist gefährlich, Gedanken zu folgen, sie führen aus der Wirklichkeit heraus und versetzen mich in eine Art Traumzustand – beim Blindflug so gefährlich wie ein hypnotischer Schlaf.

Gegen fünf Uhr scheint die Dunkelheit im Osten weniger tief als im Westen. Es ist nur Einbildung, aber die Einbildung weckt mich. Jetzt sind es noch Minuten, bis dic Dämmerung kommt und die Sonne aus dem Meer auftauchen wird. Ich glaube, dass wir beide die Sonne nicht oft so dankbar begrüßt haben wie an diesem Morgen.

5 Uhr 20 ist Licht genug, um zu erkennen, dass wir in Wirklichkeit kaum fünfzig Meter über einer wilden See geflogen sind, auf der die Maschine bei der leichtesten Berührung zerschlagen worden wäre. Die Nacht ist zu Ende. Es ist wie eine Neugeburt. Ich habe Zeit, in die Kabine zu gehen, Klausmann das Steuer zu überlassen. Das Wichtigste ist jetzt, unseren Standort festzustellen, die Windrichtung beim ersten Tagesschimmer aus den Schaumköpfen der Wellen zu erkennen: starker Südost. Während des Nachtflugs konnte ich die Windrichtung nicht wissen, doch vermute ich, dass es der gleiche Wind auch während der Nacht war, wir also nördlich unserer Kurslinie sein müssen.

Um den starken Südost auszugleichen, halte ich 20 Grad

südlicher. Jetzt müssen wir jeden Augenblick Land sehen. Wolkenbänke in der Ferne täuschen uns die ersehnte Küste vor. Die Zeit vergeht.

6 Uhr – 6 Uhr 30 – immer noch kein Land. Unser Benzin wird um 7 Uhr 20 zu Ende sein. Eine Landung auf der wilden See würde das Ende der Maschine bedeuten.

Nur nicht nervös werden – nur Ruhe! Unser gutes Prismenglas geht von Hand zu Hand, abwechselnd suchen wir den Horizont vor uns nach einem Schimmer der Küste ab.

6 Uhr 35 – 6 Uhr 40 – noch nichts! Wenn in den nächsten Minuten kein Land auftaucht, wird es nicht ausreichen, nach Australien zu kommen.

6 Uhr 42 der lang ersehnte, befreiende Ruf: „Land im Süden!“ Klausmann hat es gesehen. Nur einen schwachen gelben Schimmer – aber es genügt. Scharf wendet die Maschine gegen Süden. Mit Vollgas nähern wir uns der rettenden Küste. Ich habe keine Zeit zu überlegen, wo wir sein könnten. In der ersten geschützten Bucht muss ich landen, da der letzte Tropfen Benzin jeden Augenblick verbraucht sein kann.

7 Uhr 15 liegt die *Atlantis* verankert vor einer Sanddüne. Das ging um Haaresbreite. Der einzige Wunsch ist jetzt Schlaf. Es dauert nicht lange, bis wir die Hängematten ausgespannt haben. Da gibt es keinen Gedanken, wo wir gelandet sind. Es ist nur wichtig, an Land zu sein und die Maschine gut verankert in der geschützten Bucht zu wissen. Bald schlafen wir.

Der erste Tag in Australien

Ein Schrei weckt uns. Was ist los? Wir wissen nicht, wie spät es ist, wie lange wir geschlafen haben. Der Schrei hat uns in die Wirklichkeit zurückgerufen. Raus aus der Hängematte, aus der Kabine. Die Sonne steht schon hoch, wieder an einem wolkenlosen Himmel. Der Sturm scheint ein Nachtspuk gewesen zu sein.

Wieder ertönt der Schrei. Am Ufer, in zwanzig Meter Entfernung, steht ein schlanker, gut gebauter Australneger. Er ist nicht sehr sorgfältig bekleidet, trägt nur ein Lendentuch von Handgröße.

Wir müssen uns diesen Besuch einmal näher ansehen, ein paar gute Aufnahmen machen. Die Unterhaltung wird wohl etwas schwierig sein, aber wozu hat man Hände? Der Schwarze versteht meine einladende Handbewegung näher zu kommen, klammert sich an einen Baumstamm, watet durchs Wasser und steht jetzt auf einem Schwimmer. Ein interessanter Mensch! Sein lang gezogener Schädel ist mit dichtem Kraushaar bedeckt, über Brust, Rücken, Armen und Beinen hat er dicke Narben.

Vergebens versuche ich ihn auszufragen, wo wir sind, wo es hier Weiße gibt, die nächste Stadt, oder irgendwo Autos, das heißt Benzin. Doch er grinst nur verständnislos und kratzt seinen Schädel. Er kann keine Auskunft geben und ich bin froh, ihn bald loszuwerden, da er uns ein recht unangenehmes Geschenk brachte: die Plage Nordwestaustraliens – Fliegen!

Hier schon möchte ich über die Qualen sprechen, die sie uns während der Zeit unseres Robinsondaseins bereitet haben. Wenn man mich heute fragt: „Welches ist das gefährlichste Raubtier?“, so werde ich ohne zu zögern antworten, dass kaum ein Raubtier so gefährlich sein kann wie die Fliegen oder Moskitos an der Nordwestküste Australiens. Zu Hunderten, Tausenden schwirren sie umher. Spricht man ein paar Worte, ohne die Hand vor den Mund zu halten, so hat man sie im Mund. Sie setzen sich in die Nase, in die Ohren, mit Vorliebe in Augenwinkel. Selbst wenn man mit der Hand schlägt, fliegen sie nicht weg. Man muss sie einzeln aus Augen- und Mundwinkeln, Nase und Ohren herausholen. Unsere Fliegerhauben waren kostbare Hilfsmittel, um die Ohren zu bedecken, unsere Fliegerbrillen schützten die Augen. Klausmann zerschlug später ein Glas der Brille; das Loch wurde mit Leukoplast bedeckt, Klausmann wollte lieber auf einem Auge blind sein, als es den Fliegen und Moskitos preisgeben. Hat man auch nur einen Teil des Körpers unbedeckt, so sitzen sie auf der nackten Körperstelle, eine Martermühle für die Nerven! Die Eingeborenen nehmen keine Notiz von ihnen; ihre dicke Haut scheint immun zu sein.

Als unser Besucher das Flugzeug verlassen hat, summt und surrt es in der Kabine wie an einem Fliegenfänger. An Schlaf ist nicht mehr zu denken. Wir wollen den ungastlichen Platz möglichst rasch verlassen. Allmählich haben wir Hunger und Durst. Man muss sich nach einem guten Frühstück umsehen. An Bord ist nichts, also wollen wir so schnell wie möglich eine Stadt oder wenigstens eine Siedlung zu finden versuchen. Mit dem letzten Benzin müssen wir entlang der Küste fliegen.

Kurz vor der Landung hatte ich die Küstenform skizziert, nach dem Kompass die Richtung festgestellt. Ein Vergleich mit meiner Seekarte, die leider äußerst ungenau ist, brachte mich zu der Überzeugung, dass wir an der Nordküste der Australien vorgelagerten Insel Melville sein mussten. (Die Nordküste Australiens ist nur sehr unvollkommen vermessen, die Seekarten nur im großen Maßstab.) Die Insel Melville liegt nördlich von Port Darwin und hat einen Durchmesser von nur sechzig Kilometern.

An der Küste der Insel muss es Fischerdörfer geben. Etwas Benzin wird noch in den Tanks sein. Vielleicht können wir noch fünfzehn bis zwanzig Minuten fliegen, Richtung West, da haben wir den starken Ostwind als Rückenwind hinter uns. Vielleicht schaffen wir fünfzig Kilometer – und bei einem Flug von fünfzig Kilometern entlang einer Küste findet man mit Sicherheit irgendetwas – ein Dorf, eine Hütte oder auch nur ein paar Fischerboote.

Der Anker ist schnell gehoben, jetzt läuft der Motor, im nächsten Augenblick schon ist die jetzt leichte Maschine in der Luft, aus der geschützten Bucht hinaus, entlang der Küste gegen Westen.
Wir haben die Benzinhähne auf Falltank gestellt. Der letzte Betriebsstoff wird aus allen Tanks zu einem Sammeltank gepumpt; man kann somit den letzten Tropfen verfliegen. Der Falltank enthält fünfzehn Liter, gibt uns eine Flugzeit von zehn Minuten. Beim Start ist der Falltank gefüllt, zehn Minuten sind also sicher. Vielleicht sind weitere dreißig bis vierzig Liter in den einzelnen Tanks.
Es ist eine kleine Nervenanspannung, wenn man Benzinmangel befürchtet und den kleinen Kork, der in einem Schauglas am Falltank den Benzinstand anzeigt, beobachtet. Während zwei, drei Minuten nach dem Start bleibt der Kork oben. Dann aber fällt der Benzinspiegel im Schauglas, die großen Tanks sind restlos leer gepumpt. Wir haben jetzt weniger als zehn Minuten. Das ist schlecht – aber vielleicht reicht es noch, da uns der Rückenwind eine Geschwindigkeit von 190 Kilometern gibt.
Etwas unruhig suchen die Augen die Küste nach Siedlungen ab – nichts, kein Fischerdorf, keine Hütte – nichts! Der Benzinspiegel fällt weiter – jetzt nur noch vier, noch drei Minuten. Weit voraus ist nur ungeschützte Küste mit schwerer Brandung, höchste Zeit nach einer guten Bucht Umschau zu halten und zu landen, um die Maschine nicht mit stehendem Motor in die wild bewegte See zu setzen. Da liegt unter uns eine kleine, weit ins Land gehende Bucht, mit einem winzigen Sandstrand im Hintergrund, ein idealer Wasserflughafen. Ohne lange zu überlegen, nehme ich Gas weg. Schon dreht die Maschine in den Wind, sitzt auf dem Wasser, rollt auf den Sandstrand, widerwillig macht der Propeller noch ein paar Umdrehungen, als ob er müde sei, dann steht der Motor – der letzte Tropfen Benzin ist verflogen.
Zum zweiten Mal sind wir auf australischem Boden gut

gelandet. In der geschützten Bucht kann der Maschine nichts passieren, darüber sind wir froh – wir wären es nicht gewesen, hätten wir gewusst, wo wir sind …

Ich glaube nicht, dass wir uns nach der Landung im geringsten darüber klar waren, was das nun zu bedeuten hatte, an einer unbewohnten Küste zu sein. Wohl machten sich Durst und Hunger etwas bemerkbar, sicherlich gab es auch ein Gefühl der Unsicherheit, was nun kommen wird. Die Nerven sind vom Nachtflug und von den Flugstunden über der offenen, rauen See, ohne Land zu sehen, noch angespannt – nur daraus erkläre ich mir heute die übereilten Entschlüsse in den ersten Stunden.
„Wir wollen einen Kanister mit Wasser holen“, meint Klausmann, „in die Bucht fließt sicher ein Bach.“
Davon sind wir überzeugt und glauben nur wenige Minuten suchen zu müssen, um frisches Wasser zu finden – es hat zwanzig Tage gedauert, bis wir es fanden.
Ich glaube, dass uns unsere Situation etwas klarer wurde, nachdem wir zwei Stunden vergeblich gesucht hatten. Hier ist alles tot, ausgedörrt und abgestorben, Gräser und Busch verbrannt. Beim Herumstreifen sehen wir das erste Känguru. Mit weiten Sprüngen hüpft es davon. Ich erinnere mich mit einem ungewissen Gefühl an die letzten Wünsche unserer Freunde vor dem Abflug aus Java:
„Viel Vergnügen im Land der Kängurus!“
Diese Tiere müssen doch irgendwo Wasser haben, also wird es bestimmt zwischen schattigen Felsen zu finden sein, wo die Sonne nicht alles verdunsten kann. Wir sind aber keine Naturmenschen und haben nicht die Fähigkeit in der Wildnis zu leben – wir haben nicht den geringsten Spürsinn.
Wenn man erfolglos nach Wasser sucht, wird der Durst immer stärker; das Hungergefühl verliert sich, man will nur etwas Feuchtes für die Lippen. Es ist brennend heiß. Dazu die salzige Seeluft. Wir müssen etwas zu trinken haben!

„Versuchen wir unser Kühlwasser!"

Zurück zum Flugzeug. Ein Becher wird mit dem öligen, verdreckten Wasser aus dem Kühler gefüllt. Nach dem ersten Schluck spucken wir die Brühe aus. Wir sind eben noch nicht durstig genug und noch zu empfindlich gegen Schmutz.

„Wir müssen uns beeilen Menschen zu finden, die uns Wasser und Nahrung geben. Wir müssen entlang der Küste laufen, so lange wir Kraft haben."

In den ersten Stunden nach der Notlandung dachten wir, dass der menschliche Körper nur wenige Tage ohne Nahrung sein kann, also mussten wir diese Tage voll ausnutzen. Ohne weitere Überlegung – die Nerven waren eben durch die letzten vierundzwanzig Stunden zu sehr überspannt – packen wir einen Sack mit dem nötigsten Gepäck, verankern in großer Eile die Maschine, ölen den Motor, bedecken den Führersitz und verlassen unsere gute *Atlantis* nahezu im Laufschritt. Wir haben die überspannte Vorstellung, noch in dieser Nacht und am nächsten Tag entlang der Küste nach Osten zu dem Eingeborenen zu müssen, den wir bei unserer ersten Landung auf australischem Boden getroffen haben. Alles dreht sich um den einen Gedanken, dass der Wasser haben muss – Wasser ist das Einzige, was wir haben wollen – und Benzin.

Weit sind wir an diesem Abend nicht gekommen. Nach etwa zweihundert Metern stehen wir vor einer ins Land gehenden, nur schmalen Bucht. Ein Umgehen würde Stunden dauern. Das Wasser ist nicht tief, also werden wir hindurchwaten. Das Gepäck habe ich im Augenblick auf der Schulter. Klausmann wird den ersten Versuch machen, auf die andere Seite zu kommen. Schon ist er im Wasser. Mit einem Schreckensschrei springt er zurück. Alles ist Morast, Sumpf, unmöglich hindurchzukommen. Der Schlamm würde uns festhalten.

Es ist eine seltsame Tatsache, über die ich mir bald klar

geworden bin: je größer die Schwierigkeiten werden, desto ruhiger werden die Nerven, desto planmäßiger suchen wir den Weg zurück zur Zivilisation.
So ist es an diesem Abend, als wir uns nun sagen müssen, dass jeder übereilte Schritt gefährlich ist. Wir wollen erst einmal gut ausschlafen und uns von den Anstrengungen des Nachtfluges erholen. Dann können wir mit klarem Kopf die Möglichkeiten überlegen, wie wir weiterkommen. Also zurück zur Maschine, die Hängematten werden ausgespannt und bald schlafen wir die erste Nacht auf australischem Boden.

Wassernot und Krokodile

Vor zweieinhalb Monaten sind wir in Deutschland gestartet, seit achtzig Tagen unterwegs. In dieser Zeit haben wir etwa sechzig Nächte in der Kabine des Flugzeuges geschlafen. Wenn man am Morgen aus der Hängematte gekrochen ist und aus der Kabine hinaus auf die Fläche trat, so hatte man das wundervolle Gefühl, in einem neuen, in einem fremden Land zu sein. Man musste sich immer erst vergegenwärtigen, ob man in Persien, Indien, Burma, Siam oder Sumatra aufgewacht war. Diese Morgenstunden an Bord der *Atlantis*, wenn die Maschine in einem der großen Welthäfen, in einer geschützten Bucht der asiatischen Küste, auf dem Indus oder Ganges, den heiligen Flüssen Indiens, schaukelte, sind unvergesslich.
Auch an diesem Morgen wachen wir wie in den letzten Monaten gegen fünf Uhr auf. Wir waren gewöhnt bei einsetzendem Morgengrauen aufzustehen, in der Zeit bis zum Sonnenaufgang Toilette und Frühstück zu beenden und die Maschine zum Start klar zu machen.
So weckt uns auch an diesem Morgen das erste Tageslicht. Noch halb schlafend torkeln wir aus der Kabine, um unsere

übliche Morgenarbeit zu beginnen. Ich versuche mich daran zu erinnern, was die nächste Flugetappe sein wird – und es ist wie ein kalter Wasserstrahl: Heute werden wir kein Frühstück haben, heute können wir den Motor nicht startfertig machen, heute werden wir nicht fliegen!

Wenn man überlegt, ist es lächerlich, dass alles nur von ein paar Litern Betriebsstoff abhängt. Nur ein wenig Benzin, von dem es unendliche Mengen auf der Welt gibt, brauchen wir, dann wäre die Notlandung ein Traum gewesen.

„Vielleicht ist doch noch ein Rest in den einzelnen Tanks verteilt, vielleicht hat die Benzinpumpe nicht alles in den Falltank geschafft."

Gleich machen wir den Versuch: Der Ablasshahn unter dem Rumpf wird geöffnet, eine leere Filmbüchse erwartungsvoll unter den Hahn gehalten, und – unsere Theorie scheint richtig zu sein: In dickem Strahl fließt Benzin in die Büchse. Nur eine halbe Minute braucht es so weiterzugehen, dann werden wir genug haben, um nochmals fünfzig Kilometer zu fliegen.

Aber es ist so, als ob uns das Schicksal verhöhnen will. Schon nach zwei, drei Sekunden ist die Herrlichkeit zu Ende. Es gab nur noch etwa zwei Liter. Vergebens drehen wir die Hähne an den verschiedenen Tanks in alle Richtungen, kein Tropfen ist übrig geblieben. Das bedeutet nun endgültig, dass wir nicht weiterfliegen können, dass wir versuchen müssen auf einem anderen Wege zur Zivilisation, zum Leben zurückzukommen. Der Kampf beginnt!

*

Es ist nicht möglich, von jeder Einzelheit während der dreiundfünfzig Tage zu berichten. Jede Minute dieser unendlich langen Zeit war Kampf. Ich werde versuchen in größeren Abschnitten zu erzählen.

Unser erster Wunsch also ist Wasser zu finden. Wir wissen, dass der Eingeborene, den wir bei der ersten Landung gese-

hen haben, Wasser haben muss. Wir wollen also zu diesem Schwarzen, vor dem wir gestern geflüchtet sind, den wir weggeschickt haben. Ihn wollen wir jetzt möglichst rasch finden, von ihm erhoffen wir die erste Hilfe – Wasser! Von der Bucht, wo wir ihn gesehen haben, sind wir zwölf Minuten nach Westen geflogen, also nur etwa vierzig Kilometer werden wir entlang der Küste zurückgehen müssen.
Heute bereiten wir den Marsch besser vor. Überladen dürfen wir uns nicht. Nur das Notwendigste wird zusammengepackt: Pistole, Wassersack, Karten, Zigaretten, Streichhölzer. Die Maschine wird nochmals sorgfältig verankert. Meine *Atlantis*, die uns durch alle Gefahren gebracht hat, die uns so treu diente, kann uns jetzt nicht helfen. Wir wollen ihr jetzt helfen, mit Benzin für ihre leeren Tanks – so denken wir. Es sollte anders kommen. Wir brechen auf.
Den Sumpf, der für unseren übereilten Abmarsch am Abend vorher ein unüberbrückbares Hindernis war, können wir umgehen.
Dann geht's in den Busch – dazu vorweg eine Beschreibung der Nordwestküste Australiens:
Dieses Land ist furchtbar. Ich habe auf meinen Reisen nichts Ähnliches gesehen. Schroffe Felsen, scharfkantig, glatt, gewaltige Felsblöcke, wie von Gigantenhand umhergeworfen, sind zu überklettern. Dann Sumpf, zähes, messerscharfes, ausgedörrtes, mannshohes Gras. Jeder Meter ist zu erkämpfen, drei Schritte vor, zwei Schritte zurück. Dazu die sengende Glut der Tropensonne. Sehr langsam nur kommen wir voran, überklettern die Felsen, umgehen die Abgründe, durch den Busch bahnt man sich den Weg Hand über Hand.

Gegen Mittag. Zur Ausrüstung des Flugzeuges gehört ein Wassersack von neun Liter Inhalt. Es ist ein poröser Leinensack; langsam sickern Tropfen durch das Leinengewebe, die vorbeistreichende Luft verdunstet die Tropfen, wodurch das Wasser im Sack gekühlt wird. Beim Überfliegen der Syrischen Wüste, in den Tropen beim Flug rund um Asien, in der Südsee, stets hat uns der Wassersack frisches, kühles Wasser gegeben. Vor dem Aufbruch heute hatten wir ihn mit Kühlwasser gefüllt und Mundwasser hinzugeschüttet, um den Geschmack des Öles zu mildern. Und dieser Wassersack, der uns zweieinhalb Monate gedient hat – wird leck. Er zerreißt an einem scharfen Stein – das Kühlwasser versickert im Sand. Es ist nicht möglich, Sandkörner in den Mund zu nehmen, um etwas Feuchtigkeit zu retten. Gestern noch waren wir vor dem öligen Kühlwasser zurückgeschreckt, jetzt möchte man einen Tropfen für die zerrissenen Lippen haben.

„Sollen wir zurück zum Flugzeug? Da sind noch ein paar Liter im Kühler."

„Unmöglich – nur weiter – nur nicht zurück!"

Und wir gehen weiter, bis in die Nacht, dann machen wir ein paar Stunden Pause auf den glatten Felsen. An Schlaf ist kaum zu denken. Schon vor Tagesanbruch geht es weiter.

Bereits zwei Tage jetzt. Zwei unendlich lange Tage. In jeder Minute will man Wasser finden, von Sonnenaufgang bis zur Dunkelheit, vorwärts strauchelnd, selbst während der Mittagsglut!

Zwei Tage sind wir nun schon ohne Wasser. Der Körper ist ausgetrocknet von Sonne und Seeluft, die Zunge geschwollen, weißer Schaum auf den Lippen. Man geht am Strand einer unendlichen See, unabsehbare Wassermengen vor Augen – aber man kann Salzwasser nicht trinken.

Hunger haben wir nicht, könnten nicht essen ohne Lippen und Gaumen angefeuchtet zu haben. Wir müssen voran, so schnell wie möglich voran, bevor wir liegen bleiben. Hinter jedem Felsvorsprung erwarten wir die Rettung: Rauch – ein Fischerboot – eine Hütte, irgendetwas muss es hier doch geben! Aber nichts – immer wieder nichts. Also weiter! Man schafft nicht mehr als fünf, sechs, sieben Kilometer täglich – und das in achtzehn Stunden.

Nun schon der dritte Tag. Seit Tagesanbruch sind wir wieder unterwegs, stumpfsinnig vorantorkelnd. Sprechen ist eine Qual. Wir müssen größere Strecken schaffen. Vielleicht geht's im seichten Wasser am Strand rascher als über Land. Immer wieder rutschen wir auf den schlammigen Steinen aus.

Dann liegt vor uns eine tief ins Land gehende Bucht. Sie zu umgehen, würde einen Verlust von Stunden bedeuten. Wir werden schwimmen müssen – eine gewaltige Kraftanstrengung in unserem Zustand. Aber es muss gehen. Kleider und Schuhe werden mit dem Gepäck zu einem Bündel zusammen auf den Rücken gebunden, die Pistole unter den Tropenhelm gesteckt, dann geht's mit langsamen Stößen über die Bucht.

Gleich am Anfang habe ich das Gefühl, dass hier irgendetwas nicht stimmt. Habe ich Angst? Zwischen den einzelnen Schwimmstößen suche ich die Wasserfläche ab, ob irgendwo Bewegung ist, vielleicht gibt es Haie. Aber nichts ist zu sehen.

Schon haben wir mehr als die Hälfte der Bucht durchschwommen. Klausmann ist ein paar Meter vor mir, er schwimmt besser als ich. Da ist es, als ob mich eine eiskalte Hand im Genick packt. Eine Gefahr ist hinter uns. Ich sehe zurück. Da drüben, in ungefähr vierzig Meter Entfernung, ist die Wasserfläche an verschiedenen Stellen bewegt. Erst erkenne ich nichts, dann glaube ich, dass dort Baumstämme treiben, und dann sehe ich es – Krokodile – zwei – drei – noch mehr! Sie schwimmen auf uns zu, sie kommen näher!

Einen Augenblick bin ich wie gelähmt. Dann beginnt ein Kampf ums Leben. Ein Warnruf zum Kameraden. Der Gepäcksack ist im Nu von der Schulter gelöst. Kleider und Schuhe versinken, sind verloren. Aber keinen Gedanken habe ich für diesen Verlust. In Todesangst schwimmen wir mit aller Kraft zu dem noch dreißig bis vierzig Meter entfernten Land.

Es ist unmöglich, die Angst dieser Sekunden zu beschreiben. Der sichere Tod ist hinter uns, das rettende Land vor uns noch weit entfernt. Jeden Augenblick möchte man zurücksehen, aber das würde Zeitverlust bedeuten. Wir haben noch die Nerven, nur voranzuschwimmen, durch das Wasser zu jagen. Klausmann erreicht das Ufer vor mir. Der Kamerad rennt nicht weiter. Er wartet auf mich. Dann habe auch ich Boden unter mir. Klausmann hilft mir. Ein paar Meter waten, kriechen, springen wir weiter. Dann liegen wir erschöpft im glühenden Sand – gerettet –, aber unser gesamtes Gepäck ist verloren! Wir sind jetzt nackt und barfuß – barfuß auf dem glühenden Sand, nackt unter der glühenden Tropensonne.

Ein Grab im Sand

Eine halbe Stunde wohl bleiben wir liegen ohne zu sprechen, beide vollkommen erschöpft und unsere Lage überdenkend. Hier sind wir nun an einer wilden Küste, ohne Nahrung, ohne Wasser, dazu jetzt nackt und barfuß. Wir haben lediglich die Pistole, unsere Tropenhelme, Fliegerbrillen und Halstücher gerettet.

Was nun? Bis zum Eingeborenen sind es sicher noch drei oder vier Tage. Und können wir überhaupt sicher sein, dass wir ihn an der Küste finden? Vielleicht ist er ins Inland gegangen.

Die Gedanken werden ruhiger. Hier gilt es zu überlegen, den rechten Weg zu finden. Hier geht es ums Leben. Wird es für uns möglich sein, barfuß durch diese Wildnis zu laufen? Es ist nur denkbar, und dazu die Höllenqualen des Durstes weiter zu ertragen, wenn wir mit Sicherheit wissen, wo und wann es Wasser geben wird. Ungewissheit würde die Nerven bald zerreißen, unweigerlich zum Wahnsinn führen. Ich seziere die Möglichkeit des kommenden Wahnsinns und

finde den einzig möglichen Ausweg: zurück zum Flugzeug. Dort gibt es Wasser, die letzten Liter im Kühler des Motors. Wir sind bis zur Rückkehr zum Flugzeug insgesamt sieben Tage ohne einen Tropfen Wasser gewesen – sieben Tage in der Wüste ohne Wasser, die letzten vier nackt und barfuß, Körper und Füße zerschnitten, mit eiternden Wunden bedeckt, jeder Schritt auf den kleinen scharfen Steinen oder über das messerscharfe Gras eine Marter. Und doch sind wir nicht wahnsinnig geworden – eben weil wir ein Ziel hatten, den Kühler des Flugzeugmotors.
Was aber Durst ist, davon werde ich später erzählen.

Wir werden also kehrtmachen, um den Weg zum Flugzeug zurückzugehen, diesen furchtbarsten aller Wege, müssen von der Küste weg ins Inland, da mir vor jeder Bucht graut, wo es Krokodile geben kann.
Bevor wir aufbrechen, hocken wir während der heißesten Mittagsstunden stumpfsinnig zwischen den Felsen. Plötzlich ein Geräusch! Schritte? Nein – Sprünge. In den Büschen sitzt ein Känguru, keine zehn Meter von uns entfernt.
Denke ich an das Fleisch? Nein – aber das Blut will ich haben! Die Pistole ist geladen und liegt im Anschlag auf dem linken Arm. Ich schieße – in großen Sprüngen verschwindet das Känguru, ich habe nicht getroffen – und ich hatte nicht die Kraft, den Rückschlag des Schusses zu halten. Die Pistole schlägt eine tiefe Wunde dicht unter dem rechten Auge. Ist das Auge verloren? Im Gedanken an diese Möglichkeit kommt die Ruhe zurück, nur Klausmann schreit auf. Dann wissen wir, dass die Wunde ungefährlich ist. Da aber ist die Pistole! Sie liegt in meiner rechten Hand, zwischen Klausmann und mir – sie ist eiskalt. – „Wie leicht könnte man der Qual ein Ende machen." – Hat einer gesprochen? Entsetzt sehen wir uns an. Nur ein paar Sekunden, dann springe ich auf. Weit schleudere ich die Pistole in die Krokodilbucht.

Vielleicht habe ich mir später oft Vorwürfe gemacht, unsere einzige Waffe weggeworfen zu haben. Heute weiß ich, dass wir die dreiundfünfzig Tage nicht hätten durchstehen können mit der Versuchung eines schnellen Todes in der Hand.

Wir gehen und kriechen los – stundenlang. Schon nach kurzer Zeit sind die Beine zerrissen, ist der Körper zerschnitten. Die Fliegen sitzen auf den eiternden Wunden. Am Abend verschwinden die Fliegen, das ist gut – mit der Nacht aber kommen die Moskitos!

Erschöpft suchen wir nach einem Lager. Sobald die Sonne untergeht, ist es bitter kalt. Hier gibt es nur Felsen und Sand. Wir müssen uns vor der Nachtkälte irgendwie zu schützen versuchen. Es wird die schlimmste Nacht unseres Lebens.

Um Schutz vor der Kälte zu finden, kommen wir auf den Gedanken, ein Loch in den Sand zu graben, uns hineinzulegen und mit Sand zuzudecken. Wir wollen uns also begraben. Am Anfang gibt der Sand ein Wärmegefühl, der Körper wird von den Sandmassen bedeckt, nur das Gesicht liegt frei, darüber haben wir Halstuch und Tropenhelm gedeckt.

Eines ist leider nicht möglich, so oft wir es versuchen: ein Arm kann nicht mit Sand bedeckt werden. Wenn wir uns mit der rechten Hand Sand über Beine und Körper geworfen haben, so ist es nicht möglich, den rechten Arm selbst unter den Sand zu bringen – und auf diesem ungeschützten Arm sitzen die Moskitos!

Den Körper dürfen wir nicht bewegen. Der Sand würde abrutschen. Der rechte Arm aber ragt aus dem Loch. Über uns das unheimliche Surren der Moskitos und auf dem Arm ihre schmerzhaften Stiche.

Ein paar Stunden halten wir das aus – es sind unendlich lange Stunden! Die Minuten schleichen. An Schlaf ist nicht zu denken.

Als wir die Nerven verlieren, werfen wir den Sand ab,

springen auf und rennen umher, schreiend, wild um uns schlagend, um die Moskitoschwärme zu vertreiben. Das aber ist unmöglich – und jetzt haben die Moskitos wieder den ganzen Körper, die eiternden Wunden. Wir müssen zurück unter den Sand.

Eine Möglichkeit jedoch gibt es: Es ist nicht nötig, dass wir *beide* den rechten Arm draußen haben. Einer von uns kann vollkommen geschützt sein, wenn der andere ihn zudeckt. *Einer* aber muss seinen Arm draußen lassen.

Für Minuten flehen wir uns gegenseitig an, haben nicht den Mut, den anderen freiwillig zuzudecken. Die Vorstellung der Qual ist zu groß. Dann jedoch weiß ich, dass ich stark genug sein werde, die Nacht zu überstehen, selbst wenn der rechte Arm zu einem Fleischklumpen zerstochen wird. So decke ich den Kameraden sorgfältig zu, liege wieder in meinem Sandloch – und auf dem rechten Arm sitzen die Moskitos.

Ich habe in dieser Nacht meines jungen Lebens lernen müssen, was der Mensch zu ertragen vermag. Ich habe aber auch erkannt, dass alles einmal ein Ende hat, auch die schlimmste Not – auch diese Nacht der Moskitos.

Bei Tagesanbruch haben wir den Sand abgeworfen und sind wieder losgegangen. Wir haben uns weitere vier Tage ohne Wasser vorangeschleppt und lagen weitere drei Nächte unter dem Sand – mit dem Zudecken war es wie in der ersten Nacht.

Danach ist die Notlandebucht vor uns, die *Atlantis*.

Die letzten hundert Meter zum Flugzeug rennen wir. Den wilden Schmerz an den Füßen, die zu dicken Fleischballen geschwollen sind, spüren wir nicht – – wir haben Wasser – Wasser!

Dann beten wir.

Alarm

Es ist Sonntag, der 22. Mai, sieben Tage nach der Notlandung, seit sieben Tagen ist die *Atlantis* im Bestimmungshafen Port Darwin überfällig.
Die Presse ist alarmiert.

The West Australian.

NEWSPAPER CUTTINGS

AIRMAN MISSING.

OVERDUE AT DARWIN.

Search in the Timor Sea.

Darwin, Dienstag, 17. Mai.
...Das Junkers Seeflugzeug, das in Kupang (Timor) am Sonntag startete, ist überfällig. Die Schiffe auf See sind unterrichtet, Ausschau zu halten.
Die 500 Meilen Flug über die Timorsee von Kupang nach Darwin werden von den Fliegern, die von England nach Australien geflogen sind, als der gefährlichste Teil der ganzen Flugstrecke angesehen.
W. A. Scott, der vor kurzem einen Streckenrekord England–Australien aufgestellt hat, wurde über der Timorsee mehr als 100 Meilen vom Kurs abgetrieben.

DESTROYER SENT FROM JAVA.

Soerabaya, 17. Mai.
... Der Zerstörer FLORES ist nach Kupang ausgelaufen, um das Wasserflugzeug zu suchen.

LOST AIRMAN.

NO NEWS AT DARWIN.

Darwin, Mittwoch, 18. Mai.
... Noch keine Nachricht von den deutschen Fliegern, die jetzt seit vier Tagen überfällig sind. Es ist jedoch noch keine offizielle Suchaktion gestartet.

FEDERAL GOVERNMENT's ACTION

Canberra, Donnerstag, 19. Mai.
... Das Flugzeug ist jetzt fünf Tage überfällig.
Auf Anfrage des Senators Johnson erklärte Verteidigungsminister Sir George Pearce, dass ein holländischer Zerstörer die Timorsee absuche, und da derzeit keine Airforce-Wasserflugzeuge in Nordaustralien stationiert sind, könne sich die Regierung nicht an der Suche über See beteiligen.

MISSING 'PLANE.

Vessels Available for Search.

Darwin, Freitag, 20. Mai.
... Die Erklärung im Senat, die Verteidigungsminister Sir George Pearce abgab, dass keine Regierungsschiffe im Gebiet von Darwin für die Suche nach dem vermissten Junkersflugzeug zur Verfügung stehen, ist nicht ganz richtig. Es gibt einige Luggers mit Motorantrieb im Hafen und ein gut ausgerüstetes 20-Tonnen-Schiff mit qualifiziertem Kapitän. Das Flugzeug ist jetzt sechs Tage überfällig.

Besorgnis um den verschollenen Flieger Bertram

Nachts in aller Stille gestartet.
Das Licht der Sterne genügte ihm zur Orientierung.

Remscheid, Samstag/Sonntag, 21./22. Mai.
... Die Welt ist in Sorge um das Schicksal der Piloten Bertram und Klausmann.

Nach neuesten Meldungen ist die ATLANTIS auf dem Flug von Indien nach Australien bisher nicht im Ziel eingetroffen. Wie die Junkerswerke in Dessau mitteilen, fehlt auch heute noch jede Nachricht über den Verbleib der Maschine. Es steht nur fest, dass über der Timorsee zur Zeit sehr schlechtes und gefährliches Flugwetter herrscht.

Am Sonntag, dem 22. Mai, eine Woche nach der Notlandung, hat die Suche in Australien also noch nicht begonnen. Die *Atlantis*, so glaubt man, ist auf der Timorsee notgelandet – und vielleicht schon gesunken.

Ein Segelboot, ein Fisch und ein Regen

Frische Wäsche, warme Anzüge, Decken in den Hängematten, die Kabine dicht verschlossen gegen die Moskitos, eine Tasse Wasser, eine Zigarette – und zwei glückliche Menschen. Hier sind wir zu Hause, in der kleinen Welt unseres Flugzeugs, geborgen vor der feindlichen Welt da draußen.

Sieben Tage sind wir in der Wildnis umhergeirrt auf der Suche nach Wasser und Menschen. Stark und voller Hoffnung haben wir das Flugzeug verlassen. Nackt und verzweifelt, kraftlos, nach Wasser lechzend, mit zerrissenen Füßen kamen wir zurück. Jetzt liegen wir in den Hängematten in der Kabine der *Atlantis*. Wir sind glücklich und ruhig, überdenken unsere Lage und den Weg zur Rettung.

Was ist mit der Welt, aus der wir kommen? Sucht man uns nicht? Warum schickt man kein Flugzeug? Unsere *Atlantis* liegt frei am Strand, Tragflächen und Rumpf sind aus Metall und blitzen in der Sonne, sehr gut zu sehen, wenn ein Flugzeug über die Küste fliegt.

In den sieben Tagen haben wir immer wieder den Himmel abgesucht. Aber da war nichts, kein Flugzeug zu sehen oder zu hören – da war nur das Heulen des Windes, das Rauschen der Brandung oder das Surren der Moskitos.

Wenn man uns nicht an der Küste sucht, so glaubt man wohl, dass wir nicht zur Küste gekommen sind, glaubt man vielleicht, dass wir beim Nachtflug in die Timorsee gestürzt sind. Man wird von Schiffen, die unterwegs waren in jener Nacht, wissen, dass da plötzlich Sturm aufgekommen ist, starker Südsturm.

Ruhig liegen wir in den Hängematten, überlegen weiter und bestätigen uns nochmals, wovon wir von Anfang an überzeugt waren: Wir sind nach Norden abgetrieben, den starken Südwind haben wir aus der Richtung der weißen Schaumköpfe auf dem Meer erkennen können, als wir beim Morgengrauen die erste Sicht nach unten hatten.

Wir sind nach Norden abgetrieben, kein Zweifel, liegen hier an einer Küste nördlich von Darwin. Und nördlich von Darwin gibt es nur die Küste einer Insel, Melville heißt die Insel, sie hat etwa sechzig Kilometer Durchmesser. Wir sind hier an der Nordküste, und an der Südwestküste gibt es eine Stadt, so sieht man es auf der Seekarte, oder es ist ein Fischerdorf – Port Cockburn.

Da müssen wir hin, da ist die Rettung, das Leben. Dieser Hafen Port Cockburn ist ein festeres Ziel als der Eingeborene, dem wir drei Tage nachgelaufen sind.

Wir müssen quer durch die Insel zur Südwestküste!

Aber das sind scchzig Kilometer durch den Busch, und laufen können wir nicht mehr, das wissen wir bereits.

Nur ruhig! Auf keinen Fall dürfen wir nochmals einen übereilten Entschluss fassen. Die Wege zur Rettung müssen in Ruhe überlegt werden.

Wenn wir nicht gehen können, müssen wir dann warten, dass man uns doch eines Tages sucht und ein Flugzeug nach Melville schickt? In Darwin wird man auch wissen, dass wir Südsturm hatten. Wenn die *Atlantis* also nicht in der Timorsee untergegangen ist, so muss sie auf der Insel Melville sein. Mal wird man ein Flugzeug schicken – also warten?

Nein – warten ist unmöglich! Warten heißt Untätigkeit. Da müssen die Nerven eines Tages versagen, wenn die Ungewissheit des Wartens andauert. Wer weiß wie lange. Und vielleicht kommen sie überhaupt nicht.

Wir haben auch keine Zeit mehr zum Warten. Wir haben nur noch drei oder vier Liter Kühlwasser. Selbst bei weitgehendster Einschränkung – wir erlauben uns täglich eine halbe Tasse Wasser am Morgen und eine halbe Tasse am Abend – würde der Vorrat in sechs oder sieben Tagen erschöpft sein. Und was dann? Nein – wir müssen wieder los auf Wassersuche.

Wir sind uns jetzt völlig klar darüber, dass wir uns selbst helfen müssen hier herauszukommen. Wir müssen um unser Leben kämpfen – und diese Erkenntnis, dass alles nur von uns selbst abhängt, ist vielleicht gut, macht uns stark.

Wir müssen und werden hier herauskommen! Nur ein *Ziel* müssen wir haben, wenn wir das Letzte aus unserem Körper herausholen wollen, so wie der Kühler des Flugzeuges unser Ziel war, als wir sieben Tage ohne Wasser waren. Wir sind sicher, dass wir die sieben Tage nicht überlebt hätten, hätten wir nicht *gewusst*, dass es im Kühler der *Atlantis* Wasser gibt. Wir konnten nur überleben, weil wir das feste Ziel hatten, so wie jetzt der Hafen Port Cockburn auf der anderen Seite der Insel Melville unser Ziel ist.

Aber – wie kommen wir hin?

In den ersten drei Tagen, als wir den Eingeborenen suchten, schafften wir am Tag fünf oder sechs Kilometer, nicht mehr, obwohl wir noch kräftige Beine hatten. Das ist jetzt vorbei. Wir können unseren zerrissenen Füßen nichts mehr zumuten, können auch kein Gepäck mehr schleppen.

Also so ist das: Gehen können wir nicht die sechzig Kilometer quer durch die Insel, auch nicht um die Insel herum entlang der Küste, das wären wohl sogar hundert Kilometer.

Wir können also nicht gehen, so wie wir auch schon nicht mehr fliegen konnten – aber wir können etwas anderes! Plötzlich wissen wir, was wir können und was wir tun müssen: Wenn wir nicht gehen können, so müssen wir fahren – übers Meer fahren!
Die *Atlantis* ist ja ein Wasserflugzeug, da gibt es zwei Schwimmer. Wir brauchen nur einen Schwimmer abzumontieren und zu einem Segelboot herrichten, einen Mast setzen, Segel und Ruder anfertigen, unser Gepäck in das Boot nehmen und das Kühlwasser des Motors in eine der wasserdicht abgeschlossenen Kammern des Schwimmers füllen. Dann können wir entlang der Küste segeln! Das wird keine Anstrengung für uns sein, man kann leicht zwanzig Kilometer täglich schaffen.

An diesem Abend liegen zwei glückliche Menschen in der Kabine. Wir haben alles, was man sich wünschen kann: Wasser, eine Zigarette und Hoffnung. Der Hunger macht sich zwar bemerkbar, der Körper aber wird noch einige Tage ohne Nahrung sein können – und bald wird es sicherlich ein Ende haben!
Wir machen eine Aufstellung von unserem wertvollen Eigentum: Als die Krokodile hinter uns her waren, verloren wir mit dem Gepäck mein gesamtes Bargeld, gleichzeitig unseren Streichholzvorrat. Mit keinem Gedanken trauerte ich dem Geld nach, der Verlust der Streichhölzer aber ist schlimm, bis wir eine gute Idee haben und unser „patentiertes Feuerzeug" bauen. Bestandteile: Anlassmagnet des Motors, die restlichen zwei Liter Benzin, eine Flasche und Watte; Gebrauchsanweisung: eine leere Medizinflasche wird mit Watte gefüllt, ein paar Tropfen Benzin hineingeschüttet, die Watte saugt sich voll, die beiden Kabel des Magnets werden in den Hals der Flasche gesteckt, ein paar Umdrehungen der Kurbel – ein Funke zwischen den Kabelenden entzündet die Watte. Dieses Feuerzeug würde für Jah-

re ausreichen, da nur Tropfen Benzin verbraucht werden. Es ist eine gute Erfindung.

Wir machen Inventur: 12 Zigarren, 50 Zigaretten, ein Päckchen Tabak und eine Pfeife sind an Bord. Wenn wir rationieren, wird dieser Vorrat für Wochen ausreichen – und länger als eine Woche wird es auf keinen Fall dauern, bis wir zur Zivilisation zurückkommen – da sind wir sicher.

Und was ist mit unserem Proviant? Wie leben wir eigentlich? Was essen wir?

Wir essen nichts – da ist nichts zu essen an Bord, und in dieser Wildnis draußen gibt es auch nichts, keine Früchte, kein Fleisch.

Aber es leben doch Menschen hier im Busch, einen haben wir nach der Landung gesehen, das war ein Australneger, den wir wegjagten, weil zu viele Fliegen auf ihm saßen. Dieser Australneger und auch andere, die zu ihm gehören, leben ja auch, müssen also Nahrung finden, Früchte, Kängurus, Fische.

Sicherlich gibt's Fische – wir aber haben kein Angelgerät mehr, die Angelhaken waren im Gepäcksack bei den Krokodilen. Kängurus gibt's auch – wir wollten eins schießen, haben es aber nicht getroffen und die Pistole haben wir weggeworfen, weil wir Angst hatten. Wie jagen die Australneger ihre Kängurus, wo finden sie ihre Nahrung und Wasser?

An diesem Abend in den Hängematten unseres Flugzeuges denken wir darüber nach, was wir mit unserer Zivilisation anfangen können, wenn wir da plötzlich herausgerissen werden. Wie hilflos sind wir in dieser fremden wilden Welt. Und wie dünn ist die Kruste der Zivilisation, wenn man nackt und barfuß durch den Busch kriechen und sich vor Moskitos begraben muss. Vor wenigen Tagen noch haben wir uns vor dem öligen Kühlwasser geekelt – heute ist es unser köstlichster Besitz.

Doch zurück zu unserem Proviant. Warum haben wir keinen

Proviant an Bord, keinen Notproviant? Habe ich einen Fehler gemacht? Ich war doch so selbstbewusst und sicher, alles bei dieser Expedition richtig gemacht zu haben.
Ein halbes Jahr habe ich den Flug vorbereitet, mit all den Schwierigkeiten für Flugerlaubnis über die Länder der halben Welt, mit der Organisation der Benzinversorgung für Zwischenlandungen an der asiatischen Küste, wo es in kleineren Häfen, in denen wir landen mussten, vordem noch kein Flugzeug gegeben hatte.
All diese Schwierigkeiten und viele andere habe ich überwinden können, der Flug war auch planmäßig, bis in die Südsee, bis zum Nachtflug. Für den Sturm, der dann plötzlich kam, dafür kann ich nichts, die Wettervoraussage am Abend war gut für die Timorsee.
Ich kann mir auch keinen Vorwurf machen, dass kein Funk an Bord ist. Ein schweres Funkgerät mit seiner kurzen Reichweite wäre beim Flug rund um Asien sinnlos gewesen, wäre nur zu Lasten der Zuladung gegangen – und die Zuladung brauchte ich für Benzin. Hätten wir mit dem Wasserflugzeug fünfzig Liter Benzin mehr tanken und starten können, so säßen wir nicht hier.
Aber der Proviant! Da ist der Fehler, den ich gemacht habe – und hier ist der Versuch einer Erklärung, die keine Ausrede sein soll: Das Tankboot, das uns spät am Abend im Hafen von Kupang die Benzinfässer brachte, hatte nur die Fässer an Bord, keine Nahrungsmittel. Wir hätten nochmals an Land gemusst, um Proviant zu beschaffen, dann aber hätten wir nicht mehr zum Nachtflug starten können.
Wir aber wollten starten, auch ohne Proviant, oder mit dem, was an Bord war, das waren zwei Bananen, die uns der Pressevertreter, der mit dem Tankboot gekommen war, geschenkt hatte. Am Morgen, so glaubten wir, würden wir ein gutes Frühstück in Australien bekommen – jetzt sind wir schon sieben Tage in Australien ohne Frühstück, nachdem wir die beiden Bananen beim Nachtflug gegessen haben.

Und der Hunger? Ist das sehr schlimm mit dem Hunger?

Als wir Durst hatten, sieben Tage hindurch entsetzlichen Durst, hatten wir keinen Hunger. Man kann nicht essen, wenn man am letzten dieser sieben Tage die geschwollene Zunge mit den Fingern aus dem Mund ziehen muss, damit sie sich nicht vor die Kehle legt und man glaubt ersticken zu müssen.

So war es mit dem Durst. Etwas Schlimmeres kann es nach meinem Wissen nicht geben. Durst ist unbeschreiblich!

Jetzt in der Kabine haben wir nun keinen Durst mehr. Haben wir jetzt Hunger? Ich weiß es nicht. Wir können auch ohne zu essen denken, sehr klar sogar, und arbeiten, den Schwimmer abmontieren, werden wir sicherlich auch noch können. Weh tut Hunger auch nicht, nachdem der Magen zusammengeschrumpft ist. Vielleicht kann ich später mehr davon erzählen, was es bedeutet, wenn man dem Körper über eine lange Zeit nichts zu essen gibt, ich werde noch Erfahrung sammeln, wenn wir schwer arbeiten müssen, um das Segelboot zu bauen.

Der Abend des siebten Tages nach der Notlandung ist eine der wenigen schönen Erinnerungen an unsere dreiundfünfzig Tage im australischen Busch. Zur Feier des Tages rauchen wir eine Zigarre und zwei Zigaretten. Es ist selbstverständlich ein bedrückendes Gefühl zu wissen, dass unsere Familien, die Freunde und viele andere um unser Schicksal besorgt sein werden, dass man uns vielleicht schon verloren gegeben hat. Aber wir hoffen in wenigen Tagen gerettet zu sein, sodass die ersten Telegramme in die Welt gehen können. Bis spät in die Nacht erzählen wir uns von der Heimat.

*

Unser Robinsonleben wird interessant. Man muss sich zu helfen wissen. Ein Segelboot ist anzufertigen. Das Segel? Zwei Bademäntel und eine Leinenhose werden zerschnitten

und zusammengenäht. Nähzeug? Ist leider bei der Krokodiljagd verloren gegangen. Doch wir haben Bindfaden und Schraubenzieher. Die Nähte sind zwar etwas rau, aber wir wollen nicht zu einer Schönheitskonkurrenz starten. Seitenruder und zwei Paddel sind unsere Kunstwerke, angefertigt aus Fahnenstange und Ersatzblech für das Flugzeug. Für drei Tage wird die Bucht zur Schiffswerft. Die Arbeit schreitet voran, es macht Freude. Wir müssen uns allerdings beeilen, denn der Hunger schwächt. Sehnsüchtig erwartet man den Abend, um die halbe Tasse Wasser zu haben, eine Zigarette und eine halbe Zigarre. Wir haben für zwanzig Tage rationiert. Inzwischen wird alles vorüber sein.
Die schwerste Aufgabe ist es, den Schwimmer unter dem Flugzeug wegzuziehen. Die linke Tragfläche der Maschine wird sorgfältig mit dünnen Baumstämmen abgestützt. Das Flugzeug muss auf einem Bein stehen, darf nicht beschädigt werden, wir wollen bald weiterfliegen. Der Metallschwimmer ist sehr schwer, wir haben aber noch etwas Kraft und es geht. Als der Schwimmer im Wasser liegt, wird Sand in einzelne Kammern gefüllt, Ballast, um das Boot seefest zu machen. Der Mast, ein Baumstamm aus dem nahen Sumpfwald, wird eingesetzt, mit Lederriemen und Draht befestigt. Das Segel, mein Meisterwerk, ist nach beiden Seiten auszulegen. Drei Tage harte Arbeit ohne Nahrung, dann ist das Boot startfertig. Am nächsten Morgen wollen wir los.
In der Nacht stürmt es auf dem Meer – Windstärke vier bis fünf. Unmöglich zu fahren. Eine harte Geduldsprobe. Wir müssen bald los! Wie nun, wenn für Tage schlechtes Wetter sein wird? Der letzte Tropfen des Kühlwassers wird schnell verbraucht sein und wir sind vielleicht bald zu schwach zum Segeln. Nur Ruhe, Ruhe – das Wetter wird schon besser werden.

Am nächsten Tag – es ist bereits der zwölfte nach der Notlandung – gibt es zwei große Ereignisse:

Am Abend vorher hatte Klausmann im Werkzeugkasten einen letzten Angelhaken gefunden. Nachdem das Angelgerät in der Krokodilbucht verloren gegangen war, hatten wir es mit Sicherheitsnadeln versucht – ohne Ergebnis. Jetzt hat Klausmann wieder einen Haken. Für Stunden ist er erfolglos, wir haben keinen Köder. Dann ein Freudenschrei – ein Fisch zappelt an der Leine! Er ist zwar klein, nur handgroß – aber es ist Nahrung – unsere erste! Wir nehmen uns Zeit, kochen den Fisch sorgfältig und haben eine wundervolle Suppe. Es ist ein Fest – nur passiert gleichzeitig ein Missgeschick: In seiner Freude, den Fisch gefangen zu haben, verliert Klausmann den Angelhaken. Für Stunden suchen wir vergebens, wühlen den Sandstrand um und um – nichts.
Aber nur ruhig – wir müssen dankbar sein für die Fischsuppe.

Das zweite große Ereignis am Nachmittag des gleichen Tages. Der Sturm auf See wird stärker, schwarze Wolken ballen sich an der Küste zusammen. Es sieht nach Regen aus, obwohl wir mitten in der Trockenzeit sind.
Wir hatten für alle Fälle Vorbereitungen getroffen. Falls es doch einmal regnen würde, sollten die Tragflächen des Flugzeuges das Wasser auffangen. Dafür wurden ans Flächenende Spaltverkleidungen gebunden, lange Blechstreifen, die den Spalt zwischen Rumpf und Tragflächen verdecken. Wie eine Dachrinne sollen sie jeden Tropfen in leere Filmbüchsen leiten.
Wir warten – zittern vor Aufregung. Dann tropft es – und jetzt regnet es. Acht, zehn Minuten – drei Büchsen – zwölf Liter. Das bedeutet Wasser für weitere zwanzig Tage – und Frischwasser ist das. Herrgott!
Was kann uns nun schon passieren? Wieder liegen am Abend zwei dankbare Menschen in den Hängematten. In der Nacht stürmt es noch, gegen Morgen wird es ruhiger.

Das Boot ist fertig, Gepäck und Wasser in den Kammern verteilt. Wir sind startbereit. Das Flugzeug wird nochmals sorgfältig verankert, der Motor geölt. Wir sind sicher, bald wiederzukommen.
Es ist Donnerstag, der 26. Mai, der zwölfte Tag nach der Notlandung.

Der dreizehnte Tag

The West Australian.

MISSING AVIATOR.

Airways Machine to Search Coast.

Perth, Donnerstag, 26. Mai.
... West Australian Airways bestätigt, dass auf Anfrage des Verteidigungsministeriums heute Morgen eine D.H. 50 ihrer Gesellschaft in Wyndham starten wird, um entlang der Küste nach Darwin zu fliegen, wenn möglich auch zur Insel Melville.
Das deutsche Wasserflugzeug ist jetzt zwölf Tage überfällig. Da keine Airforce Maschinen in Nordaustralien verfügbar sind, wurde die Suche bisher nur von Schiffen auf der Timorsee durchgeführt – ergebnislos.

Airways Machine at Wyndham.

Wyndham, 26. Mai.
... Pilot Nicholas landete heute mit der West-Australian-Postmaschine in Wyndham und wird morgen nach Darwin und zur Insel Melville fliegen.

Suche nach Bertram

Hoffnung nicht aufgegeben

Berlin, Freitag, 27. Mai.

... Bertram und Klausmann sind jetzt seit dreizehn Tagen verschollen.

Die Möglichkeit, dass das Flugzeug bei einer Notlandung auf der Timorsee, noch dazu in der Nacht, beschädigt wurde, ist sehr nahe liegend und es ist nicht wahrscheinlich, dass die Piloten noch leben. Dreizehn Tage auf einer führerlosen Maschine liegen, ohne Wasser, in einer höllischen Hitze – kaum anzunehmen, dass sie das aushalten.

Eine Chance gibt es vielleicht noch für sie, eine Chance, die 100:1 steht: dass sie gefunden wurden, hilflos treibend, von einem Crawler, der keine Funkanlage hat, ihre Bergung also nicht melden konnte. Diese Chance steht 100:1 im günstigsten Falle. Und das ist zu wenig, um noch Hoffnung zu haben.

Wenn aber ihr Flugzeug in der Timorsee gesunken ist, dann waren da die Haie!

Bertram aufgegeben

Der Suchdampfer erfolglos zurückgekehrt

Amsterdam, Freitag, 27. Mai.

... Der Zerstörer FLORES, der ausgelaufen war, das Junkersflugzeug auf der Timorsee zu suchen, ist ergebnislos nach Kupang zurückgekehrt.

The West Australian.

MISSING GERMAN AIRMAN.

Pilot Nicholas's Search.

Wyndham, Freitag, 27. Mai.

... West Australian Airways bestätigt, dass die Suche von

Pilot Nicholas nach den verschollenen deutschen Fliegern ergebnislos war.
In seiner D.H. 50, die eine Reichweite von 750 Kilometern und eine Reisegeschwindigkeit von 160 km/h hat, startete Nicholas heute früh 5 Uhr 30 und suchte die Küste ab bis Darwin. In Darwin tankte er, flog rund um Melville Island, dann zurück nach Darwin, eine Gesamtflugstrecke von 600 Kilometern.
Die Suche war erfolglos, da war keine Spur zu erkennen, dass die verschollene Junkersmaschine irgendwo an der Küste von Melville Island oder an der Küste zwischen Darwin und Wyndham gelandet ist.
Nicholas wird morgen früh wieder zurück nach Perth fliegen, um die verlorene Zeit seines Postfluges möglichst aufzuholen.

Die Insel Melville ist also umflogen worden – und da lag kein Flugzeug an der Küste! Was aber ist das dann für eine Küste, an der die *Atlantis* strandete?
Die Nachricht aus Amsterdam, dass die Suche auf der Timorsee aufgegeben wurde, und die Nachricht aus Wyndham, dass die Suche auf Melville Island ergebnislos war, haben das Datum Freitag, 27. Mai, das ist der dreizehnte Tag nach der Notlandung.
Und am Morgen dieses dreizehnten Tages wird in der Notlandebucht das Segel gesetzt, fährt das schwere Metallboot langsam hinaus auf die Timorsee – fährt los zu einer grauenvollen Irrfahrt! Die Zeit der schwersten Prüfungen für die beiden jungen Menschen beginnt.

Ein Schiff fährt vorüber

Am Anfang geht alles gut, großartig!
Das Boot liegt zwar schwer und tief im Wasser, aber es

fährt. Man kommt voran, ein schönes Wort: Voran! Da ist die Gewissheit der Rettung, solange man vorankommt. Wir werden also nun ganz einfach entlang der Küste segeln, werden dann irgendwo Rauch sehen, Menschen, Nahrung, die Zivilisation finden.

Unser Boot ist wie ein Schiff gebaut; acht Schotten trennen den Metallschwimmer in neun wasserdicht abgeteilte Kammern. In der Bugkammer ist das Süßwasser eingefüllt, danach kommt die Gepäckabteilung mit Kompass, Werkzeug, Wäsche und Schuhen, Feuerzeug und Leuchtpistole, Zigaretten und Zigarren. Diese beiden Kammern sind besonders sorgfältig verschlossen, sind unsere Sorgenkinder – wenn sie nur nicht leck schlagen.

Die nächsten drei Abteilungen sind unbedeckt; in der ersten ist der Mast befestigt, dann kommt Klausmanns Sitz und schließlich meine „Kabine". Die letzten vier Kammern sind leer, auch gut verschlossen. Auf den Schwimmer verteilt schleppen wir etwa 300 Kilogramm Sandballast mit, um seefest zu sein. Nur wird das Boot dadurch sehr schwer und langsam, fast ein Unterseeboot.

Unsere Sitze sind derart klein, dass man nur mit gekreuzten Beinen auf dem Boden hocken kann. Der Einstieg – das ist das „Mannloch", das man öffnet, wenn das Wasserflugzeug im Wasser schwimmt und der Schwimmer kontrolliert werden muss, ob da ein Leck ist, dieses Mannloch ist eben groß genug, um die Hüfte hindurchzuzwängen. Da der Schwimmer nur etwa handbreit aus dem Wasser ragt und nahezu jede Welle überkommt, müssen wir das Mannloch mit dem Oberkörper abdecken, damit die Kammern nicht voll Wasser schlagen. Nach wenigen Stunden jedoch ist der Sand unter unseren Füßen nass, wir hocken im Wasser.

Leider ist das schwerfällige Boot mit dem kleinen Ruder nur schlecht zu manövrieren, in der geschützten Notlandebucht, ohne Strömung und Wellengang, kommen wir jedoch gut voran und sind schon bald an der Einfahrt.

Draußen auf dem offenen Meer gibt es weiße Schaumköpfe. Hoffentlich bläst es nicht zu stark, hoffentlich kommen die Wellen nicht zu sehr über. Wollen wir nicht doch noch besseres Wetter abwarten? Ach was! Wir versuchen's, sind jetzt aus der geschützten Bucht heraus – und treiben im nächsten Augenblick auf die felsige Küste zu. Steuer und Segel sind zu klein. Gegen den starken Wellengang ist das Boot nicht zu halten. Wir treiben!

Verzweifeltes Gegenrudern, Segelmanöver – vergebens. Langsam und unaufhaltsam kommen die scharfkantigen Felsen näher, sind jetzt nur noch wenige Meter weg – schon tauchen Felsblöcke neben uns aus der Brandung. Im Augenblick ist das Segel herunter, wir springen aus dem Boot, haben Boden unter den Füßen und stemmen uns gegen den Schwimmer, die ersten Brecher schlagen über uns.

Eine gefährliche Lage! Wenige Meter hinter uns sind die scharfkantigen Felsen, das Boot wird von den Wellen gehoben, wir verlieren den Boden, klammern uns an, treiben zurück und dienen als Prellbock zwischen Fels und Boot.

Der Schwimmer darf nicht leck schlagen, alles wäre verloren. Wie könnten wir weiter, wenn wir Schwimmer und Ausrüstung verlieren? Das wertvolle Trinkwasser, das Gepäck, das Feuerzeug, alles ist unersetzlich.

Zurück in die Bucht. Wir müssen das Boot 200, 300 Meter durch die Brandung führen. Unsere Körper werden zerschlagen. Es muss gehen!

Und es geht, Meter um Meter. Vier, fünf Stunden dauert der Kampf. Wir sind fast erstarrt und restlos erschöpft. Jetzt spüren wir's: zwei Wochen ohne Nahrung, eine Woche der Fußmarsch, eine Woche harte Arbeit, da sind die letzten Kraftreserven dahin. Doch wir schaffen es, kommen in ruhiges Wasser und ziehen den Schwimmer an Land. Das Boot ist gerettet, im Schatten der Felsen aber liegen zwei kraftlose Menschen.

Was nun? Wir müssen weiter, so schnell wie möglich weiter! Verzweiflung? – Nur für einen Augenblick. Wir werden wieder ruhiger. Bei diesem Seegang kommen wir nicht von der Brandung frei, wir müssen besseres Wetter abwarten, dürfen nicht in der Nähe der Küste fahren, müssen von der Brandung weg, müssen also weiter in die offene See.

Und wieder warten wir, unendlich lange Stunden – eine Nacht, jetzt den vierzehnten Tag. In der nächsten Nacht dann wird es ruhiger – los jetzt!

Wir starten etwa um Mitternacht, das ist die Nacht zum fünfzehnten Tag, also abermals eine Sonntagnacht, so wie vor zwei Wochen beim Start zum Nachtflug in Kupang. Und wieder ist vor uns die Timorsee – damals wollten wir hinüberfliegen, diesmal wollen wir über die Timorsee rudern und segeln.

Und das tun wir nun, segeln und rudern, fort von der Küste, weit hinaus ins offene Meer – rudern in unser Verderben …

*

Diese Fahrt, fünf Tage und Nächte in der offenen See, steuerlos und ein Spiel der Wellen, ist die schlimmste Zeit unserer 53 Tage an der Nordwestküste Australiens. Ich werde versuchen von dieser Fahrt zu erzählen.

Wieder geht am Anfang alles gut. Wir sind von der Küste, von der Brandung frei gekommen, segeln und rudern zur Sicherheit zehn, zwölf Kilometer in die offene See, dann in westlicher Richtung entlang der Küste. Gegen Morgen bläst der Wind stärker, wird die See unruhiger. Jede Welle schlägt über den Schwimmer, immer mehr Wasser kommt in unsere Sitze, so gut wir auch versuchen das Mannloch mit dem Oberkörper abzudichten. Wir haben wirklich ein Unterseeboot. Die Notlandebucht liegt schon weit zurück, für heute haben wir eigentlich genug, dürfen nicht zu viel wagen, müssen wieder näher an die Küste heran, für die Nacht eine Bucht suchen. Am ersten Tag hätten wir dann 15 bis 20

Kilometer geschafft – so noch weitere zwei oder drei Tage, dann ist alles vorbei.

Das Boot wird gewendet, Richtung Küste. Nur langsam kommen wir, gegen den Wind ankreuzend, voran. Wir haben Strom gegen uns, also ist wohl Ebbe. Dann wird uns in ein paar Stunden die Flut an Land zurücktreiben.

Und wir warten, fünf Stunden, sechs Stunden. Kommen wir jetzt näher heran, treiben wir jetzt auf die Küste zu? – Nein! Die Küste wird merklich undeutlicher. Wir treiben immer noch hinaus in die offene See. Und nach weiteren Stunden weiß ich, dass uns eine starke Strömung unbarmherzig vom Land wegtreibt. Es wird mir klar, dass der Strom beider Gezeiten – Ebbe und Flut – an dieser Küste vom Land absetzt – von der Küste weg in die offene Timorsee!

Was nun? – An Segeln und Rudern ist bei dem starken Seegang gegen Wind und Abtrift nicht zu denken. Müssen wir nun alles dem Zufall überlassen und hoffen, dass uns eine andere Strömung zur Küste zurücktreibt, dass die See ruhiger werden wird? – Wir wissen keinen Rat, hocken in den engen Sitzen, verzweifelt. Keiner spricht.

Wild wird das Boot umhergeworfen. Wasserspritzer dringen auch durch die fest zusammengekniffenen Lippen, verursachen einen brennenden Durst. Wir können nicht trinken, dürfen die Süßwasserkammer nicht öffnen, da sofort Seewasser hineinschlagen würde. Der Seegang wird noch stärker – dann ein schwerer Brecher – Metall zerschlägt – das Seitenruder ist gebrochen – wir sind steuerlos!

Das ist das Ende! Jetzt wird das Boot ein Spielzeug der Wellen. Wir werden immer weiter von der Küste abgetrieben, morgen wird das Land zum Nebelstreif werden, danach wird nur noch Wasser um uns sein, Wasser und Himmel – dann muss der Wahnsinn kommen.

*

Stunden vergehen, unbarmherzig brennt die Sonne. Der Seegang nimmt noch zu. Das Boot ist zwar seefest, dank dem Sandballast, torkelt aber wie trunken von Seite zu Seite. Bewegungslos knien wir in den engen Kammern. Die Beine schmerzen von der ungewöhnlichen Anstrengung, schwellen stark an. Immer wieder müssen wir mit dem Oberkörper das Mannloch abdecken, wenn eine Sturzsee überkommt. Nur nicht zu viel Wasser in die offenen Sitze lassen. Ausschöpfen können wir nicht. Der Schwimmer würde unter uns wegsacken.

Wir sind machtlos – und das ist furchtbar! Solange man kämpfen und vorankommen kann, gibt es Hoffnung. Auf dem Land würden wir weiterkommen, selbst wenn wir kriechen müssten. Hier draußen aber sind wir machtlos – ein Spielball für Wellen und Zufall.

Etwas später dann kommt die Stunde, an die ich noch heute nur mit Schaudern zurückdenken kann.

Es mag gegen drei Uhr am Nachmittag gewesen sein. Die See hat sich ein wenig beruhigt, ist jedoch noch zu wild, als dass wir rudern könnten.

„Was ist das da drüben? Ist das nicht Rauch?“

Ja – am Horizont, im Osten, wächst aus dem Meer eine Rauchfahne, aus der Rauchfahne wächst ein Kamin, aus dem Kamin ein Schiff! – Ist es ein Trugbild? Nein, es ist kein Trugbild – ein Schiff kommt auf uns zu!

„Ein Schiff!“

Schreien, lachen, die Nerven verlassen mich. Das Schiff kommt näher, hat genau Kurs auf unser Boot, man hat uns sicherlich schon gesehen.

„Ruhe, nur Ruhe!“

Die Leuchtpistole wird bereit gelegt, weiße Wäsche an die Ruderstange gebunden. Klausmann stellt sich vor den schwankenden Mast. Ich bleibe sitzen, balanciere das Boot aus, halte die Pistole.

Herrgott, hilf! Dort kommt die Rettung, das Leben. Sie

müssen uns sehen! Der wachhabende Offizier wird bereits sein Glas auf uns gerichtet haben. Rettung, Trinken, Essen, Telegramme in die Heimat. Die Freude ist zu groß, ich schreie, heule. Klausmann ist merkwürdig ruhig. Den Grund begreife ich später.

Jetzt noch etwa ein oder eineinhalb Kilometer. Ich schieße die erste rote Leuchtkugel, der Kamerad winkt mit der weißen Notfahne. Der zweite Schuss, der dritte und vierte, die letzte Leuchtkugel. Das muss genügen. Jetzt wird man uns bemerkt haben, sehen wir doch alles ganz deutlich an Bord: den Namen des Schiffes, selbst den Namen an den Rettungsbooten können wir lesen – *Koolinda* heißt das Schiff – aber wir sehen kein lebendes Wesen an Bord.

Was ist das? Jetzt müssen sie doch stoppen, beidrehen!

Sie sind längsseits, 700, 600 Meter nur – doch das Schiff fährt vorüber – das Leben fährt an uns vorbei!

Es dauert eine Ewigkeit, bis ich begreife, dass dort am Horizont, im Westen jetzt, das Schiff verschwindet, der Kamin, die Rauchfahne. Dann ist da plötzlich eine eiskalte Ruhe und Todesangst schnürt mir die Kehle zu. Was ist mit Klausmann? Er steht immer noch am Mast, winkt immer noch mit der Notfahne, starrt dem verschwundenen Schiff nach – sieht in der Ferne nur noch die weißen Schaumköpfe des Wassers und den jetzt wieder leeren Himmel.

Endlich hört Klausmann auf zu winken, packt die weißen Fetzen zusammen, hockt sich wieder in seinen Sitz, legt den Kopf auf die Arme und weint – und nach einer Weile sagt er – es klingt ganz ruhig und endgültig:

„Ich gebe auf, ich will nicht mehr. Man soll mit mir machen, was man will. Ich gebe auf."

Klausmann hat an diesem fünfzehnten Tag die Nerven verloren. Von dieser Stunde an ist mein Kamerad krank. Jetzt bin ich allein …

Wir rudern

Es ist Nacht. Der so wundervolle Sternenhimmel der Südsee wölbt sich über uns. Das Meer ist ruhiger geworden, nur leicht schaukelt das Boot in der Dünung.
Zwei Menschen starren in die grenzenlose Einsamkeit. Wie große Tiere tauchen Wellenköpfe neben uns auf. Das Meer ist schwarz. Der Mond steht schon hoch.
Seit Stunden sitzen wir regungslos, verfolgen den Untergang der Sonne Zoll um Zoll. Ein rotes Tuch legte sich über den Horizont im Westen – dort in der Richtung dieses Feuers ist die Heimat, weit im Westen, auf der anderen Seite der Erdkugel. Als der rote Schein schwächer und undeutlicher wurde, kam wie ein Schleier der Nebel über das Wasser, grau in grau. Dann tauchte ein heller Punkt auf, hier und dort, undeutlich erst, dann funkelnd hell – als der letzte Schimmer des Tages verschwunden war, standen an dem tiefschwarzen Himmelsgewölbe unzählige Sterne, Zeugnisse der Unendlichkeit. Der Mond dann, als er später auftauchte aus dem Wasser, überwarf uns mit seinem silbernen Licht.
Und ich sitze, schaue und schaue.
Denke ich? Überlege ich? Nein, nein. Da ist ein größeres Geschehen in mir. Erkenne ich mein zweites Ich? Soll ich es Seele nennen? Ich weiß es nicht, es ist auch nicht wichtig. Aber ich weiß, dass diese Stunden die größten meines jungen Lebens sind, weiß, dass ich noch nie so gut in mich habe horchen können, bin mir klar und bewusst, dass ich heute mein Leben entdecke – wiedergeboren werde.
In dieser Nacht, als ich so ganz allein war mit mir, habe ich mich gefragt, wer und was ich bin, ich Mensch. Ich habe versucht mich zu sezieren und habe Folgendes gesehen:
Sechsundzwanzig Jahre bin ich alt. Sechsundzwanzig Jahre habe ich gelebt, sorglos in den Tag hineingelebt, das Leben als eine Selbstverständlichkeit hingenommen. Ich habe

gearbeitet, gestrebt, hatte einen starken Willen – aber ich habe immer nur auf mich selbst gebaut. So flog ich durch die Welt, stolz und selbstbewusst, so flog ich auch nach Australien – und plötzlich war da etwas Neues. Wie abgeschnitten war alles das, was wir Kultur und Zivilisation nennen. Um das nackte Leben mussten wir kämpfen. Mit meinem Willen wollte ich uns aus der Not herausbeißen – und bin nun heute Nacht in einer verzweifelteren Lage als je zuvor.
Sechzehn Tage sind wir verschollen, haben in diesem Land keine Nahrung gefunden, kein Wasser. Was wird werden? Weit sind wir von der Küste abgekommen und treiben steuerlos ins offene Meer. Unsere Kraft ist verbraucht. Rudern werden wir kaum noch können und Wasser haben wir nur noch ganz wenig.
Vor ein paar Stunden ist ein Schiff in einigen hundert Metern Entfernung vorbeigefahren. Das Leben hat uns nicht sehen wollen. Klausmann ist seit dem Augenblick ohne Nerven, ist krank. Ich habe den Kameraden verloren, der mit mir gemeinsam den Weg zur Rettung erkämpfen wollte. Werden wir nun wahnsinnig werden? Werden wir sterben? Jung sind wir, leben wollen wir, leben!
Was aber soll ich jetzt tun? Wo ist jetzt mein starker Wille, mit dem ich bis heute alles habe erreichen können? Kann ich mit diesem Willen den Weg zurück ins Leben finden?
Nein – hier ist meinem Willen ein Riegel vorgeschoben! Ich kann jetzt noch so sehr *wollen* – gegen diese Strömung kann ich mit meinem Willen nicht mehr an. Mit meinem Willen, mit meiner Selbstherrlichkeit ist es in dieser Nacht auf der Timorsee zu Ende …

Ich starre in die Unendlichkeit des Sternenhimmels, verfolge gedankenlos den Sturz der Sternschnuppen. Und ich finde den Weg, den einzig möglichen – ich bete. Wort für Wort spreche ich das Vaterunser in die Stille der Nacht – lege unser Schicksal in die Hände des Herrn.

In dieser Stunde erkenne ich die einfachste Wahrheit des Lebens, die Wahrheit, die wir Menschen so lange vergeblich suchen, bis sie sich offenbart, wenn der Schleier von den Augen weggezogen wird. Hier ist mein Bekenntnis:

Ich Mensch brauche im Leben zwei Dinge – ich brauche einen Willen und einen Glauben! Selbst der eisernste Wille zerbricht eines Tages, wenn ich nicht *glaube*!

Es ist nun in der Zukunft nicht so, dass ich die Hände in den Schoß lege und darum flehe, dass die Rettung zu uns kommt. Nein, ich werde um unsere Rettung kämpfen – den Glauben aber, dass dieser Kampf erfolgreich ist, diesen Glauben hole ich mir immer wieder aus einem Gebet.

Von nun an bin ich nicht mehr allein, ich kleiner Mensch, da ist eine große Kraft hinter mir, die irgendwoher kommt, die ich nicht beschreiben kann, die Allmacht kann ich sie nur nennen.

Die Allmacht ist zu mir gekommen, als ich in meiner größten Not war und das Beten lernte …

Und ich bete wieder laut, der Kamerad hört es, betet mit. In den vielen Wochen, die wir noch bis zur Rettung in der Wildnis zubringen, ist das Gebet die einzige Hilfe, die ich Klausmann geben kann. Er ist krank, sein Zustand verschlechtert sich von Tag zu Tag. Nur das Gebet hält ihn aufrecht und schützt ihn vor dem letzten Verzweiflungsschritt, der allem ein Ende machen würde.

*

Es wird nahe an Mitternacht sein, als wir die Ruder anbinden, die handgroßen Notpaddel.

Die See ist noch ruhiger geworden, wie Blei. Das Segel wird eingezogen, es kann uns nicht mehr helfen, da das Boot steuerlos ist. Jetzt werden wir also rudern, werden mit dem schweren Metallschwimmer, der halb gefüllt ist mit feuchtem Sand, gegen die Strömung rudern, Meter um Meter – wir haben nun die Kraft dazu. Und wir beginnen zu rudern, Schlag um Schlag, wortlos.

Von diesem Augenblick an rudern wir vier Tage und vier Nächte – wörtlich: vier Tage und vier Nächte. Wer gab uns die Kraft dazu? Die Armmuskeln sollten doch bereits tot sein. Und die Beine? Diese unendlich langen Tage und Nächte hocken wir in den kleinen Kammern des Bootes; in der ungewöhnlichen Stellung wird der Blutumlauf in die Unterschenkel unterbrochen, dazu die faule Teerluft im Schwimmer – die Beine sind bald formlos geschwollen und ohne Leben. Mit den Händen müssen wir uns über das Boot vorwärts ziehen zur vorderen Wasserkammer, wenn wir trinken wollen. Die Unterschenkel werden so dick wie die Oberschenkel, Wasserblasen bilden sich überall am Körper. Wenn sie aufgehen, kommt das brennende Seewasser hinein. Nach zwei Tagen sind wir bedeckt mit eiternden Geschwüren.

Wir rudern. – Die See ist nunmehr spiegelglatt, kein Lufthauch. Die Sonne brennt von einem wolkenlosen Himmel, dörrt unsere Körper aus. Der Durst in der salzigen Seeluft ist kaum zu ertragen. Drei Liter Trinkwasser sind noch in der Kammer da vorne, aber es schmeckt auch schon salzig. Dreimal täglich gibt es eine viertel Tasse – für vier Tage wird das noch ausreichen. Man trinkt Tropfen für Tropfen, nur nicht zu schnell, und hat so die Vorstellung viel zu trinken. Nach wenigen Minuten jedoch ist der Mund wieder trocken, die Zunge geschwollen, Schaum steht auf den Lippen.

Wir rudern. – Nur wenige Stunden hören wir auf, wenn die Sonne zu heiß brennt. Nach eineinhalb Tagen erkennt man die Küste, die vorher nur ein gelber Nebelstreif gewesen ist, wieder besser. Wir werden es schaffen! Der Kamerad ist ruhiger geworden. Wir sprechen kaum ein Wort in all den Tagen. Voran, nur voran!

Wir rudern. – Zwei Tage und Nächte nun schon. Die Arme schmerzen, in der Brust brennt es wie Feuer. Die Beine sind abgestorben und schmerzen nicht mehr. Kommt die Küste näher? Unmerklich. Man erkennt es nur bei Sonnenaufgang – wenn man die Nacht hindurch gerudert hat, so sind die Umrisse der Felsen schärfer als am Abend vorher. Wir rudern. – Die Küste! ist unser einziger Gedanke. Und was erwarten wir von dem Land dort in der Ferne? Wasser? Nahrung? Es ist doch hoffnungslos. Zwei Wochen haben wir an dieser wilden Küste gelebt, zwei Wochen, ohne Nahrung und Wasser gefunden zu haben. Doch jetzt ist es anders geworden. Und wenn wir uns durch die Erde durchgraben müssen – nur erst wieder Erde unter den Füßen haben! Wir wollen und werden zurückkommen zum Leben, wir haben jetzt die Kraft dazu. Nur erst zur Küste kommen, an Land!

Wir rudern. – Die Nächte sind grausam lang. Wenn der letzte Tagesschimmer im Westen verschwindet, nimmt man einen Stern als Richtweiser. Stündlich wird die Richtung mit dem Kompass überprüft, ein neuer Stern als Ziel genommen. Wir können bald die Uhrzeit schätzen, wissen, wann die einzelnen Sterne untergehen. Dann kommt im Osten der erste Tagesschimmer, dann die Sonne. Die größte Spannung bei Sonnenaufgang: Wie weit sind wir noch vom Land entfernt?

Wir rudern. – Wir rudern nicht selbst. Eine fremde Kraft bewegt den Arm. Stoß für Stoß. Drei Tage nun schon. Das Wasser wird morgen Abend zu Ende sein. Die Küste ist noch weit. Gott, großer Gott, hilf! Die See ist seit Tagen wie ein Spiegel. Keine Bewegung. Das muss unsere Rettung sein. Bei Seegang würden wir nicht vorankommen.

Wir rudern. – Fische begleiten uns, suchen Schutz vor ihren Feinden im Schatten unseres Bootes. Seit achtzehn Tagen haben wir nichts gegessen, nur die Fischsuppe – und dort, neben unserem Boot, mit der Hand fast zu greifen, sind

Fische! Klausmann befestigt einen Schraubenzieher am Ruderschaft, sticht, trifft auch – aber die Waffe ist zu stumpf, gleitet ab. Wir haben Hass in den Augen, verfolgen jede Bewegung des Fisches. Klausmann spricht vom Bäcker, vom Schlachter in seiner Heimatstadt. „Er hat gutes Brot gebacken, es gab immer Fleisch."

Wir rudern die letzte Nacht, den letzten Tag, Schlag um Schlag, wie ein Motor. Das Trinkwasser ist zu Ende. Jetzt nur nicht aufhören. Nur wenige hundert Meter noch, dort ist das Land. Nur nicht aufgeben, die Arme keine Minute ruhen lassen. Sie würden einfach hängen bleiben und wir würden den Motor nicht mehr in Bewegung setzen können, würden rettungslos zurücktreiben, wieder hinaus auf die Timorsee. Herrgott, Mutter, hilf! Nur noch wenige Stunden.

Klausmann schaut nicht mehr hin zum Ufer, starrt nur auf sein Ruder. Ich soll ihm sagen, dass wir es schaffen werden. Er stößt das Ruder mit dem Oberkörper voran, nicht mehr mit den Armen. Aber er rudert! Einen Meter sitzt er vor mir, der Oberkörper pendelt hin und her. „Aushalten, nur noch kurze Zeit aushalten!"

Wir rudern, rudern Schlag um Schlag. Manchmal in der Nacht höre ich heute noch diese grausame Gleichmäßigkeit der Ruderschläge. Es ist wie ein Uhrwerk. Wenn es aussetzen würde, wäre es das Ende.

Die Küste, Land, Erde, da, greifbar nahe, noch hundert Meter, fünfzig, dreißig, zehn, jetzt – jetzt!

Das Boot knirscht auf den Sand, die Arme hängen bewegungslos. Wir starren uns an, wortlos, kriechen aus dem Boot, fallen, schleppen uns wenige Meter voran. Dann beten wir – und schlafen.

Der Weg in die Hölle

Wir schlafen, liegen im weichen Gras, können uns ausstrecken – es ist wundervoll. Fünf Tage sind wir auf dem Meer gewesen, fünf Tage und Nächte; in keinem Augenblick haben wir uns strecken können oder gar hinlegen. An Schlafen war da draußen nicht zu denken. Wir haben gerudert, ununterbrochen gerudert.

Gegen die Fliegen und Moskitos sind wir jetzt durch Kleidungsstücke geschützt. Die Fliegerhaube bedeckt die Ohren, die Fliegerbrille die Augen, das Halstuch ist übers Gesicht gebunden, schützt den Mund. Die Hände stecken wir in die Ärmel des Pullovers – keine Körperstelle ist den ärgerlich summenden Quälgeistern ausgesetzt.

Hier liegen wir ausgestreckt auf der Erde. Wir können es nicht fassen – es ist wie ein Traum nach dieser grausigen Seefahrt. Wieder ist über uns die Domkuppel des Sternenhimmels, aber wir brauchen jenen Stern dort nicht mehr als Richtweiser zu nehmen, wie wir es während vier Nächten haben tun müssen. Das ist nun vorbei, erscheint jetzt wie ein schwerer Traum.

„Gottvater, Du hast uns gerettet, hast unseren Armen die Kraft zum Rudern gegeben, in Deine Hände legen wir unser Schicksal, mit Deiner Hilfe werden wir uns das Leben wieder erkämpfen. Du würdest uns nicht vor dem Ende dort draußen in der Unendlichkeit des Meeres gerettet haben, vom Wahnsinn – um uns hier nun umkommen zu lassen. Wir *glauben* an Rettung und Zukunft!“

Aber was soll nun werden? Im Schatten der Felsen überdenken wir am Morgen des neuen Tages unsere Lage.

Zwanzig Tage sind wir verschollen. Ein Fisch war die einzige Nahrung, seit gestern ist der Wasservorrat bis auf den letzten Tropfen getrunken. Unsere Kraft muss verbraucht sein. Die Beine sind zu unförmigen Säulen geschwollen, der Körper voller eiternder Geschwüre. –

Doch nie zuvor in diesen zwanzig Tagen war unser Glaube an Zukunft und Rettung so fest und zuversichtlich wie in dieser Stunde.

Klausmanns Zustand hat sich etwas gebessert. Er ist ruhig, weint für Stunden, in Dankbarkeit, fort von der See zu sein. Das gleichmäßige Dröhnen der Brandung kann er nicht mehr hören, er wird unruhig. Wir kriechen weiter vom Strand weg, liegen in mannshohem Gras im Schatten eines Baumes.

„Wie werden wir weiterkommen?“

Auf Hilfe von draußen brauchen wir nicht zu warten. Man sucht uns nicht – oder nicht mehr. Vor der Küste fährt ein Schiff an uns vorüber, auf dem man hätte Ausschau halten müssen, wenn man uns noch suchen würde. Ich kann mir nur vorstellen, dass man an Bord des Schiffes unter den Sonnensegeln geschlafen hat – es waren die heißesten Stunden des Tages. Und unsere Leuchtkugeln, die vier, die wir hatten, werden in der flimmernden Luft der Tropenhitze ertrunken sein.

Aber die Brücke – auf der Brücke der *Koolinda* muss jemand gewesen sein, auf der Brücke eines Schiffes darf man nicht schlafen, der Offizier vom Dienst nicht und auch nicht der Rudergänger. Vielleicht war der Offizier in den Minuten, als sie an uns vorbeifuhren, im Kartenhaus. Und der Rudergänger? Der Rudergänger hat die Aufgabe sein Schiff auf Kurs zu halten, dazu muss er auf den Kompass vor sich sehen – das aber kann er auch im Halbschlaf. Nicht ein einziges Mal braucht er aufzuschauen und Ausschau zu halten nach zwei verschollenen Fliegern, die drüben in einer Nussschale, die halb unter Wasser schwimmt, sitzen und mit einer kleinen weißen Notfahne winken.

Nein, man sucht uns nicht mehr nach zwanzig Tagen!

Aber *wohin* fuhr das Schiff? Es fuhr Richtung Westen, parallel zur Küste. Dann wird es hinter dem Horizont nach Südwest und Süd beigedreht haben, um Melville

Island herum – also nach Port Cockburn fuhr das Schiff, dahin, wohin auch wir wollen, zur Südwestküste unserer Insel Melville.

Vor mir liegt eine Karte von Australien, es ist nur eine Übersichtskarte in großem Maßstab. Die Seekarte hatten wir verloren, als die Krokodile Jagd auf uns machten. In der Kabine des Flugzeuges fanden wir nach der Rückkehr diese Übersichtskarte, unsere Navigationskarte jetzt. Dazu der Kompass. In ihrem großen Maßstab ist die Karte zwar ungenau, es ist aber immer wieder eine Ermutigung, die Karte anzusehen – man kann Städtenamen lesen, wo es Menschen gibt.

Versuchen wir wieder ruhig zu denken und zu planen, so wie vor vielen Tagen – wie lange ist das schon her! – in den Hängematten unseres Flugzeuges.

Wir wollten also von der Notlandebucht nach Westen segeln, um das Nordwestkap der Insel herum zur Südwestküste, dann noch ein paar Meilen bis Port Cockburn, dem Hafen und Ziel unserer Rettung.

Wie weit sind wir gekommen über See? Ging die Strömung nur von der Küste weg oder vielleicht doch auch ein wenig nach West? Es wird so sein, denn die Notlandebucht liegt jetzt östlich von uns, das ist sicher, wir wissen nur nicht wie weit.

Sagen wir zwanzig Kilometer – wir müssen von einer Schätzung ausgehen. Wenn wir nun dazu die etwa dreißig Kilometer rechnen, die wir nach der ersten Landung noch geflogen sind, auch Richtung West bis zur zweiten Landung in der Notlandebucht, so haben wir rund fünfzig Kilometer der Nordküste von Melville hinter uns gebracht. Es kann nicht mehr weit sein bis zum Nordwestkap – da drüben, wo die Küste im Westen mit einer scharfen Felsnase ins Meer vorragt und wo man kein Land mehr hinter der Felsnase sieht, das wird das Nordwestkap sein!

Hinter dem Nordwestkap geht es dann nach Südwest und

Süden. Bis zur Südwestküste von Melville ist von hier aus nur noch die Landzunge dazwischen – auf der Karte vor mir nicht mehr als ein etwas dickerer Strich.
Über diesen „Strich“ müssen wir hinweg, nicht um das Kap herum, quer hinüber, dann haben wir die Südwestküste. Es sind – schätzen wir – es sind nicht mehr als zehn Kilometer. Und die sollen wir nicht bewältigen können? Nur zehn Kilometer bis zum Leben!
Aber wie? Selbstverständlich nicht mehr mit dem Boot! Also mit den Beinen! Aber unsere Füße und Unterschenkel sind ja abgestorben, sind dicke, aufgedunsene Fleischsäulen, die fünf Tage gekreuzt sein mussten in der engen Kammer des Schwimmers, auf dem feuchten Sand in der Teerluft.
Jetzt am Morgen ist es allerdings schon etwas besser, nachdem wir die Nacht ausgestreckt haben liegen können. Versuchen wir mal aufzustehen. Es geht, wenn wir uns an einem Fels langsam hochziehen. Dann stehen wir – aber um uns herum schwankt alles hin und her. Und schwarz wird es vor den Augen.
Aber wir stehen, versuchen auch tastend den ersten Schritt, noch einen, nur nicht zu schnell, sonst tanzt wieder alles um uns herum und es wird wieder dunkel.
In diesem Augenblick wird mir klar, was es bedeutet, wenn man seinem Körper zwanzig Tage keine Nahrung gibt. Ich wollte noch Erfahrung sammeln, habe ich nach den ersten sieben Tagen gedacht, als wir in den Hängematten lagen, keinen Durst mehr hatten und glaubten, das mit dem Hunger sei nicht so schlimm.
Jetzt, nach zwanzig Tagen, weiß ich mehr – ich weiß, dass unser Körper langsam aber sicher sterben muss, wenn wir ihm nicht bald Nahrung geben. Das Sterben fängt an mit dem Licht. Wenn wir uns zu schnell bewegen, so nimmt das Licht jedes Mal ab, die Welt um uns wird schattiger und dunkler, je länger wir hungern.

Hunger tut also nicht weh – Hunger ist lediglich die klare Erkenntnis, dass man stirbt, früher oder später, wenn man dem Körper nichts zu essen gibt. Das Verhungern wird länger dauern, wenn man ruhig liegen bleiben kann – wenn man aber vom Körper das Letzte an Kraftreserve herausholen muss, rudern muss, über Felsen klettern oder durch den Busch gehen muss oder kriechen, dann wird es schneller zu Ende gehen. Wir müssen dem Körper Nahrung geben!

„Versuchen wir Baumblätter." – Wir brauchen nur hochzugreifen, pflücken die Blätter des Baumes, in dessen Schatten wir liegen. Die Kaumuskeln wundern sich über die ungewohnte Tätigkeit. Sind diese von der Sonne verbrannten Blätter gut, schmecken sie? Wir wissen es nicht, die Geschmackssinne versagen. Stundenlang kauen wir und erzählen uns, was wir essen werden, wenn wir nun bald gerettet sind. Es ist eine Nervenprobe, von Brot und Speck zu sprechen, während wir Baumblätter kauen.

Wir fassen also den Entschluss, setzen uns wieder ein Ziel – denn ohne Ziel geht nichts, das wissen wir bereits.

„Die Notlandung ist eine gute Lebensschule", denke ich manchmal, „wenn das Ganze nur nicht so schwer sein würde."

Gut – wir werden also gehen oder kriechen, nicht sofort allerdings, diesen einen Tag noch wollen wir Pause machen. Zu lange dürfen wir jedoch nicht untätig hier liegen bleiben, wir sind schon wieder seit vierundzwanzig Stunden ohne Wasser.

Morgen früh dann Kompasskurs Südwest, zehn Kilometer durch den Busch, quer über die Landzunge. Die zehn Kilometer werden wir in drei, vielleicht sogar schon in zwei Tagen schaffen. Heute werden wir den Beinen noch Ruhe gönnen, werden nur auf den Hügel dort vor uns kriechen, um Umschau zu halten. Vielleicht sieht man schon irgendwo Rauch.

Und wir kriechen los, in den Busch, zwischen Felsen hindurch. Das geht nur sehr langsam, vielleicht hundert Meter in der Stunde, mehr schaffen wir nicht. Gewaltige Felsblöcke versperren den Weg, zwingen uns seitwärts durch dichtes Gestrüpp.

Plötzlich öffnet sich der Busch und dann liegt da vor uns – sehen wir ein Trugbild? – nein, dort vor uns liegt ein Wassertümpel, wohl fünfzig Meter lang, zwanzig Meter breit!

Ein Wunder!

Missionare und Eingeborene haben mir später erzählt, dass dieses Wasserbecken immer Wasser hat, selbst in der regenarmen Jahreszeit. Warum das so ist, weiß man nicht. Vielleicht halten die Felsen ringsherum und das dichte Gestrüpp jeden Sonnenstrahl ab, sodass nichts verdunsten kann, und vielleicht besteht der Boden aus einer einzigen großen Felsplatte, die ein Absickern verhindert. Man sagte auch noch, dass der nächste Wassertümpel dreißig Meilen entfernt im Inland sei.

Und wieder ist es ein Augenblick in meinem jungen Leben, in welchem ich die Allmacht spüre, die mir hilft, die mir auf dem Meer die Kraft gab und die mich jetzt hierher führt zu diesem Tümpel. Wir hätten in zehn Meter Entfernung an dem Becken vorüberkriechen können, ohne es zu sehen. Doch unser Boot kam genau an dieser Stelle der Küste an Land und durch das dichte Gestrüpp hindurch kamen wir genau hierher.

Wir hocken im Wasser, brauchen uns nur etwas zu bücken und den Mund zu öffnen. Ich hätte nie gedacht, dass der Körper solche Mengen Flüssigkeit aufnehmen kann. Stunden liegen wir am Ufer, lachen, weinen vor Freude und trinken. Für die Beine und die Wunden ist das Süßwasser das beste Heilmittel. Morgen werden wir losmarschieren können.

Dann gehen wir nochmals zurück zum Schwimmer. Er wird sorgfältig verankert, das Gepäck im Busch hingelegt. Wir sind fest davon überzeugt, in ein paar Tagen von Port Cockburn mit einem Motorboot um das Nordwestkap herum entlang der Küste zurückzukommen, Schwimmer und Gepäck abzuholen, um dann weiter zum Flugzeug zu fahren. Bald wird alles vorüber sein.

*

Wir sind ausgelassen vor Freude beim Abmarsch am nächsten Morgen. Wenn nur die Schmerzen im Magen nicht so wild wären – die Baumblätter wurden schlecht verdaut. Nach ein paar Schritten muss man sich immer wieder anklammern, da sich alles ringsum dreht.

„Bleibe nur ruhig hier, Schwimmer, in ein paar Tagen holen wir dich.“ Das sagt Klausmann, auch er glaubt jetzt.

Wir halten Wort – nach sieben Tagen kommen wir zurück – etwas anders allerdings, als wir gedacht hatten.

Gepäck nehmen wir nicht mit, wollen uns nicht belasten. Einen Regenmantel binden wir zu einem Wassersack zusammen, schleppen fünfundzwanzig bis dreißig Liter Wasser mit uns. Jetzt wollen wir nicht mehr auf Wasser verzichten, wenn auch die dreißig Kilogramm für uns eine kaum tragbare Last sind. In der Hand ist der Kompass, sorgfältig in Tücher gewickelt. Wir nehmen genau Südwestkurs und gehen los.

Das Land ist wild. Wild ist noch kein richtiger Ausdruck für diese Wüste. Felsen bis zu zehn Meter Höhe sind zu überklettern, mannshohes Gras muss durchkrochen werden, dann wieder sinkt man in glühend heißen Sand ein. Aber voran müssen wir, wenn auch nur wenige hundert Meter in der Stunde, ein paar Kilometer bis zum Abend. So wird es drei Tage dauern, bis wir wieder ans Meer kommen, an die Südwestküste. Wenn wir hinkommen, werden wir wohl zuerst irgendwo Rauch sehen oder ein Segel, vielleicht auch schon Häuser, wo Menschen wohnen, wo es das Leben gibt.

Am zweiten Tag sind die geschwollenen Beine ein wenig

besser. Wir kommen rascher voran, morgen sind wir bestimmt da. Der Weg erscheint endlos. Hinter jedem Fels, hinter jedem Busch glaubt man jetzt etwas sehen zu müssen. Aber es ist immer noch nichts. Dass wir auf dem richtigen Weg sind, daran besteht kein Zweifel – nur es dauert so lange!
Gegen Mittag des dritten Tages dann ist es endlich soweit. Wir klettern einen Hügel hinauf, der Busch lichtet sich, die Felsen treten zurück. Jetzt stehen wir am Südhang des Hügels, können wohl zwanzig Kilometer weit sehen – da unten liegt es, flimmernd in der Sonne – wir sehen das Meer!
Wir schreien, beten, umarmen uns, werfen uns auf die Erde und weinen.
Als dann nach einer Weile die Freudentränen getrocknet sind, sehen wir wieder hin, um nun Rauch zu suchen an der Südwestküste oder ein Segel auf dem flimmernden, endlosen Wasser.
Aber etwas ist seltsam: das Meer ist so grau und starr, es atmet nicht, ist wie tot.
Und als wir genau hinsehen, mit zugekniffenen Augen jetzt, um vielleicht besser sehen zu können, erkennen wir es, wissen wir es beide, wortlos nebeneinander stehend: Das da vor uns ist nicht das Meer, ist kein Wasser! Das da unten ist Busch, totes Land …

In diesem Augenblick weiß ich tüchtiger Weltflieger endlich, dass ich falsch navigiert habe, weiß ich, dass ich beim Nachtflug über die Timorsee, als ich ohne Sicht in den Wolken flog, nicht nach Norden abgetrieben bin, sondern genau entgegengesetzt: Ich bin nicht auf der Insel Melville gelandet, nördlich von Port Darwin, wo man uns sicherlich gesucht hat, nein – ich bin weit aus meinem Kurs nach Süden abgetrieben, ein paar hundert Kilometer, ich bin an der Küste des australischen Festlandes gelandet – und das

da unten ist der Busch der Kimberleys, Nordwestaustralien, ein toter, unbewohnter rauchender Busch!
Es ist die Hölle …

*

An diesem dreiundzwanzigsten Tag nach der Notlandung – es ist Montag, der 6. Juni – kabelt der deutsche Generalkonsul aus Sydney nach Berlin:
„suche nach bertram und klausmann eingestellt stop alle maßgebenden stellen halten weitere bemühungen für aussichtslos stop“
Offiziell sind wir tot und meine Vaterstadt Remscheid schreibt den Nachruf.

8. Juni **Bertram aufgegeben.**

Wir brachten vor einigen Tagen die Meldung, die von der Möglichkeit sprach, dass Bertram und sein Begleiter ein Opfer der berüchtigten Timorsee geworden seien. Nach den heute vorliegenden Meldungen scheint diese Möglichkeit zur Gewissheit geworden zu sein und man muss mit der schmerzlichen Tatsache rechnen, dass das Schicksal der beiden kühnen Flieger als endgültig besiegelt zu betrachten ist. Wie nämlich jetzt, nach einer Meldung der „K. Z.“, in Berlin bekannt geworden ist, teilte der deutsche Generalkonsul in Sydney in einem Kabeltelegramm an das Auswärtige Amt mit, dass die Nachforschungen nach den beiden Fliegern aufgegeben worden sind. Ein holländischer Zerstörer habe bis zum Samstag in der Timorsee gekreuzt und nach dem vermissten Flugzeug gesucht, ohne jedoch eine Spur von ihm zu finden. Auch ein englisches Regierungsflugzeug habe die Strecke von Melville über die Insel Bathurst nach Port Darwin und weiter bis Wyndham mit dem Auftrag, nach

Bertram zu suchen, beflogen, ebenfalls ohne Erfolg. Damit seien alle Bemühungen der Behörden, die auch von den privaten Schifffahrtslinien weitgehend unterstützt worden seien, ergebnislos verlaufen, sodass weiteres Suchen aussichtslos erscheine; man habe die Hoffnung aufgegeben, dass die Flieger noch lebend aufgefunden werden könnten.
Damit scheint das Schicksal des Fliegers Bertram und seines Monteurs Klausmann tatsächlich endgültig besiegelt zu sein: Ein Flug, der den Zweck verfolgte, für deutsche Arbeit und Erzeugnisse im Ausland zu werben, hat ein tragisches Ende genommen und zwei junge Menschen haben dabei ihr hoffnungsreiches Leben gelassen. Uns Remscheider erfüllt die Meldung mit besonderer Trauer. Den schmerzgebeugten Eltern wendet sich tiefste Teilnahme zu. Leuchtend bleibt die Erinnerung an den heldenmütigen Remscheider, der im Dienste einer hervorragenden Kulturaufgabe sein junges Leben hingab.
Hans Bertram ist ein Repräsentant jenes alten Remscheider Pioniergeistes, der den Namen unserer Heimatstadt zur Weltbedeutung emporgehoben hat. In der modernen Form des Ozeanfliegers, der der Erfüllung einer großen Aufgabe im Dienste der Technik und der Kultur entgegenstrebt, repräsentierte er diesen Geist. Wenn Bertram jetzt, an der Seite seines treuen Bordmonteurs Klausmann, ein Opfer seiner Kühnheit geworden ist, so ist nur sein Körperliches versunken in den Wellen – sein Name lebt! Und er verdient es, eingegraben zu werden in die Ehrentafel derer, die für eine große und kühne Idee ihr Leben eingesetzt haben.

Der Busch

Das da vor mir ist wirklich die Hölle …
Ich sitze am Südhang des Hügels und starre in die Ferne. Wie aus der Vogelschau kann ich das Land ringsherum bis

zum Horizont sehen, viele Kilometer. Alles verschwimmt grau in grau. Der Busch – nirgendwo von einer Lichtung unterbrochen – verschwindet im Dunst am Horizont. So etwas habe ich noch nicht gesehen, bei all meinen Flügen nicht. Wenn man über eine Wüste flog, über einen Urwald, über eine Steinöde, so erkannte man in der Trostlosigkeit da unten doch irgendwelche Zeichen von Leben, selbst wenn es nur ein Strich auf dem Boden war, der sich in der Ferne verlor; es war dann ein Zeichen dafür, dass dort mal eine Karawane gezogen war, man sah, dass es irgendwann Lebewesen gegeben hatte. Das Land hier aber ist tot.

Die Karte Australiens, im großen Maßstab des ganzen Erdteils, liegt vor mir. Von dem Punkt, wo ich bin und nach Süden schaue, lese ich die Namen von Wüsten und Savannen. Da heißt es hinter den Kimberleys: Große Sandwüste – Tanami-Wüste – Gibson-Wüste – große Victoria-Wüste – über tausend Meilen und mehr gibt es nur Wüste. Dahinter, am anderen Ende des Erdteils, gibt es auch Städte, deren Namen ich kenne und die ich besuchen wollte beim Flug rund um Australien.

Ich bin an der Hintertür des fünften Erdteils gelandet, an der Nordwestküste, bin mehr als *zweihundert* Kilometer von meinem Kurs nach Süden abgetrieben!

Wie war das möglich? Am Morgen nach dem Nachtflug zeigten die Wellenköpfe auf dem Meer deutlich, dass wir Südwind hatten, und da der Kompasskurs während des Fluges genau Port Darwin war, mussten wir nach Norden abgetrieben sein. Aber eines haben wir nicht bedacht: Wir flogen nicht in Meereshöhe, wir hatten ja versucht nach oben durch die Wolken durchzustoßen, waren also über Stunden in ein paar tausend Meter Flughöhe.

Und dort oben, das wissen wir jetzt, muss die Windrichtung genau entgegengesetzt gewesen sein. Das gibt es, vor allem in den Breiten des Äquatorgürtels.

Die Schiffe aber, die in der Sturmnacht auf der Timorsee

unterwegs waren, konnten nur vom Südwind berichten. Sicht nach oben, wo wir flogen, hatten sie nicht. Also wird man uns im Norden gesucht haben – und niemals wird uns jemand im Busch des australischen Festlandes suchen.

„Hier sind wir auf uns angewiesen, hier müssen wir uns selbst helfen."

Ich rede, will mir mit Worten Mut machen, will mir meine eigene Schwäche nicht eingestehen. Wieder liegt die Karte vor mir. Nordwestaustralien: Kimberley heißt das Land, hat die Größe Deutschlands. Ich kenne die Richtung der Küste, wo wir landeten, vergleiche mit der Karte und mache ein Kreuz an die Stelle, wo wir sind.

Es gibt auch Schraffierungen auf der Karte: „unknown – unbekannt", heißt es da, „Reservation – Eingeborenenschutzgebiet". Nur ein Name steht an der Küste: Wyndham, etwa zweihundert Kilometer von uns entfernt, im Osten, an einer tief ins Land gehenden Bucht. Auf der Karte sind es nur zwei Zentimeter zwischen unserem Kreuz und Wyndham, unüberwindliche zwei Zentimeter für uns.

Dort also liegt die Rettung, zweihundert Kilometer im Osten. Wir haben in der falschen Richtung gesucht, nach Westen – genau entgegengesetzt hätten wir gemusst, wir haben uns mit letzter Kraft immer weiter vom Leben entfernt.

„Jetzt weiß ich, wohin wir müssen – jetzt ist es zu spät!"

Ich spreche weiter mit mir selbst, da ich mit Klausmann nicht sprechen kann. Er liegt drüben, manchmal höre ich ihn leise weinen. Ich bin wieder allein, so wie damals in der Nacht auf der Timorsee. Und wieder versuche ich ruhig und logisch zu denken, denn darüber bin ich mir in dieser Stunde klar: Wenn ich nicht meine Nerven behalte, wenn ich nicht abermals einen Weg finde, so kommt das Ende hier im Busch.

„Hier im Busch", – was tue ich hier im australischen Busch? Was habe ich hier zu suchen? Warum fliege ich durch die Welt? Warum bin ich nicht in der Heimat geblieben, im Hause des Vaters, bei meiner Mutter?

Ich denke nach und weiß, dass schon immer die Unruhe in mir war, schon in meiner frühen Jugend – „Fernweh" nennt man das wohl, wenn man zu Hause unruhig wird und dahin will, wo man im Augenblick nicht ist.

Ich habe den Weg gesucht hinauszukommen, sobald die Schule hinter mir lag. Hamburg war die erste Station, da gab es Schiffswerften, da baute man Schiffe, mit denen man später vielleicht in die Welt fahren konnte. Also fing ich an auf einer Schiffswerft zu arbeiten. Nicht lange, denn eines Tages kam ich zu dem Flugplatz am Stadtrand von Hamburg. In meiner Vaterstadt gab es keinen Flugplatz, hier in Hamburg stand ich jetzt vor Flugzeugen, mit denen man noch schneller in die Welt konnte als mit Schiffen.

Das war es – und so wurde ich Flugschüler, Flieger. Dann fing ich an zu überlegen, wohin man fliegen könnte. Das Fernweh wurde größer, als ich ein fertiger Flieger war, mit allen Flugscheinen, die ich erwerben konnte.

In diesen Jahren hatte man begonnen, mit den Flugzeugen immer schneller zu fliegen und nach allen Richtungen, immer weiter – über die Ozeane, über Wüsten, in andere Kontinente, rings um die Erde.

Meinen ganzen Willen setzte ich dafür ein, dabei zu sein. So kam ich zuerst nach China, konnte mitarbeiten bei der Marinefliegerei, ganz von Anfang an, und ich war schon bald an einer führenden Stelle.

Dann wollte ich Flugzeuge von zu Hause nach China holen, nicht aber nur per Schiff verladen, nein, auch nach China fliegen wollte ich, um die Güte unserer Flugzeuge unter Beweis zu stellen.

Es war eine weite Flugstrecke von Europa nach China, man musste quer durch Asien oder ringsherum. Ich entschloss mich herumzufliegen, um mehr zu sehen, immer an den Küsten entlang. Vielleicht war das auch leichter mit der Na-

vigation: immer Land links, Wasser rechts. Es musste ohne Funk gehen, denn mit dem war nicht viel anzufangen, die Reichweite war viel zu kurz und in den Ländern, über die ich fliegen musste, gab es kaum eine Bodenorganisation für die Fliegerei. Also lohnte es sich nicht, ein schweres Funkgerät einzubauen, dafür nahm man lieber mehr Benzin mit.
Das mit dem Benzin war eine besondere Schwierigkeit. Es gab nicht genug Flugplätze und die Reichweite meines Flugzeuges war beschränkt. Ich hätte mehr Tanks einbauen können, um große Strecken ohne Zwischenlandung zu schaffen, so wie es die Kameraden tun mussten, die über die Ozeane flogen. Das aber wollte ich nicht, ich wollte bei meinen Flügen auch etwas sehen, nicht nur über die fremde Welt hinwegfliegen, nein, ich wollte überall landen können, wo ich wollte.
Wenn das nicht möglich war, weil es keine Flugplätze gab, so musste ich ein Flugzeug nehmen, das keine Flugplätze brauchte. Und deshalb nahm ich ein Wasserflugzeug, ein Flugzeug mit zwei Schwimmern. Mit dem Wasserflugzeug konnte ich jetzt in jeder geschützten Bucht landen, rings um die Erdteile, denn Buchten gab es überall, allerdings nicht immer das Flugbenzin, was ich brauchte. Doch die Schwierigkeit war zu lösen – mit Kamelen, auf deren Rücken Benzin in Kanistern dahin zu schaffen war, wo man es brauchte.
Nicht leicht waren die Vorbereitungen zu solch einem Flug – man nannte ihn Pionierflug – und oft musste man sich fragen, ob es einen Sinn habe, auch wegen des großen Risikos. Die Frage nach dem Sinn habe ich mir nicht beantworten können – das muss ich einer späteren Zeit überlassen, die darüber zu urteilen hat, ob Opfer gebracht werden durften bei den ersten Flügen über Ozeane, Pole und Wüsten.
Ich glaube, dass Pionierflüge gemacht werden müssen – einer muss der Erste sein, um die Brücken zu bauen, auf denen man später ganz sicher fliegen kann, rings um die Erde.

So versuche ich mir einzureden, dass es auch einen Sinn hatte, nach Australien zu fliegen, wo ich im Busch liege, mit meinem treuen Kameraden, der drüben weint. Wir wollten dabei sein, bei der Eroberung der Luftstraßen unserer Erde! Ein großes Wort – und jetzt habe ich Angst, pure Angst, dass ich mein Leben verliere, denn aus diesem Busch kommen wir wohl nicht mehr hinaus.

*

Es ist Abend geworden. Wir liegen immer noch an der gleichen Stelle. Meine Gedanken sind nun ruhig und ich sage mir Folgendes: Ich mag den stärksten Willen und den tiefsten Glauben haben vorwärts zu kommen – ich kann unseren Muskeln nicht befehlen, wenn es keine Muskeln mehr gibt. In wenigen Tagen werden die Körper endgültig tot sein, selbst wenn das Hirn noch lebt. Klausmanns Kräfte sind wohl jetzt schon am Ende. Der Kamerad kann nicht mehr, weigert sich noch einen Schritt zu gehen, er betet nur noch und weint.

Ich liege neben ihm, denke und bin mir darüber klar, dass ich denken und irgendeinen Weg finden muss, um nicht wahnsinnig zu werden. Ich behaupte heute, dass der Mensch einen kommenden Nervenzusammenbruch vorher spürt, dass sich das Hirn dagegen auflehnt und bis zum letzten Augenblick dagegen kämpft. So versuche ich jetzt mich zu zwingen einen Weg zu finden – es ist sinnlos! Ich versuche zu beten – aber diesmal hilft auch das Gebet nicht mehr! Die Vernunft ist zu klar, um sich sagen zu müssen, dass es einfach unmöglich ist, durch diese Wildnis einen kraftlosen Körper zweihundert Kilometer voranzuschleppen. Es würde viel einfacher sein, wenn ich mit Klausmann reden könnte, wenn er von mir fordern würde, weiter zu kämpfen. Aber der Kamerad ist am Ende und ich finde keine Kraft ihn durch Worte zu überzeugen, dass es noch eine Möglichkeit der Rettung gibt. – Ich glaube selbst nicht mehr an die Rettung.

Die Sonne geht unter. Wieder sehe ich in dem roten Feuer im Westen die Heimat und denke an die Mutter. Um meinen Hals ist das Tuch geknüpft, das sie mir vor Jahren schenkte, vor meinem ersten Flug, nachdem ich als Schüler in einer Flugschule aufgenommen wurde. Es ist ein braunes Tuch – „Gott schütze Dich, mein Junge“ hat sie hineingestickt. Nie bin ich zu einem Flug ohne dieses Tuch gestartet. Mit dem Tuch war die Mutter immer bei mir, auch beim Flug nach Australien.

Ich bin müde. Beim Einschlafen halte ich das Tuch am Hals ganz fest, mit beiden Händen. Ich weiß nicht, ob ich bereits schlafe, als ich von weit her etwas zu hören glaube. Spricht da jemand? Ich lausche in mich hinein und erkenne ihre Stimme. Jetzt wird alles gut, die Mutter ist bei mir, spricht mit mir und ich lausche im halb wachen Traumzustand. Ganz ruhig spricht die Mutter, wie sie früher zum Kind am Krankenbett gesprochen hat. Und sie sagt, dass man zu Hause auf mich warte, dass uns die Welt aufgegeben hat, ertrunken in der Timorsee glaubt, dass *sie* aber weiß, dass ich eines Tages zu ihr zurückkomme, dass ich lebe und mich durchkämpfen werde. Schließlich sagt sie, dass sie von mir erwartet, dass ich jetzt aufstehe, bete und mich wieder auf den Weg mache.

Dann bin ich wach. Es wird Tag und strahlend geht die Sonne auf, sie funkelt wie Gold in meinen Augen. Ich umklammere immer noch das Tuch, weiß, dass mir die Mutter geholfen hat, dass sie mir um die halbe Welt herum wieder Mut und Kraft gab. Und ich bekenne: Als ich in meiner größten Not war, als ich keinen Willen mehr hatte und auch das Gebet nicht mehr half, da ist die Mutter gekommen, mit ihrer Liebe.

Ich richte mich auf, sage nur ein paar Worte zu Klausmann, bin ganz ruhig. Dann nehme ich den Wassersack auf den

Rücken und den Kompass in die Hand. Wir brechen auf, um zum Schwimmer und Wasserbecken zurückzugehen, zurück den Weg, den wir in den letzten drei Tagen gekommen sind. Der Kompass in meiner Hand zeigt diesmal Nordost.

*

Ich habe bis hierher von dreiundzwanzig Tagen unserer Notlandung in Australien erzählt – und noch viele Tage sind vor uns bis zur Rettung.

Die hinter uns liegende Zeit und die, die noch folgt, sind angefüllt mit sehr schweren Erlebnissen, kaum denkbar in ihrer Anhäufung. Ich wiederhole, dass ich einen Bericht von *Tatsachen* schreibe, nur von Tatsachen. Und in meinen Gedanken entblöße ich mich bis unter die Haut. Das muss ich, um alles zu sagen, was über die Zeit, die mein Leben geformt hat, zu sagen ist. Nur so kann ich aus dieser Lebensschule dem etwas geben, der etwas daraus nehmen möchte. Hier offenbart sich ein junger Mensch und spricht in aller Wahrheit von der Not, die er hat erleben müssen – oder hat erleben *dürfen*, um der Gnade der Erkenntnis willen.

… und wieder „zurück“

Zurück also zur Küste, wieder einmal zurück!

Es ist ein schlechtes Wort, dieses „Zurück“. Solange man vorangeht, solange bleibt Hoffnung, Glaube an die Zukunft, solange kann man alle Kraft aus Körper und Willen herausholen. Wenn man aber zurück muss, so kann die Hoffnungslosigkeit mit jedem Schritt größer werden.

Wie oft mussten wir in diesen Wochen schon zurück:

Zuerst gingen wir Richtung Ost zum Eingeborenen – zurück, weil wir ihn nicht fanden und kein Wasser mehr hatten;

dann fuhren wir hinaus auf die Timorsee mit Richtung West – zurück, weil uns das Meer nicht wieder freigeben wollte; schließlich krochen wir Richtung Südwest nach Port Cockburn – zurück, weil es hier im Busch kein Port Cockburn gibt.

Es ist sehr schwer, aus dem Wort „Zurück“ immer wieder Hoffnung zu schöpfen. Wir mussten es, sonst wären wir nicht weitergekommen, und wir konnten es, weil wir die Kraft dazu erhielten – da war etwas bei uns …

Was aber wollen wir an der Küste?

Weshalb gehen wir zur Küste zurück? Es ist nicht die Richtung nach Wyndham, die wäre quer durch den Busch – zweihundert unüberbrückbare Kilometer. Nein, wir müssen wieder Richtung Wasserbecken, Boot und Gepäck. Es gibt keine andere Möglichkeit und es ist die letzte: Wir müssen wieder ins Boot, müssen wieder den Versuch machen zu segeln, diesmal Richtung Ost, Richtung Wyndham. Wenn wir ein stärkeres Seitenruder anfertigen, wenn wir den Sandballast zum größten Teil aus dem Schwimmer herausnehmen, um ihn leichter zu machen, so werden wir vielleicht besser vorankommen. Wir dürfen dann nur nicht bei Seegang fahren, da die kleinste überschlagende Welle das kopflastige Boot zum Kentern bringen würde. Wir werden ganz vorsichtig von Bucht zu Bucht fahren und nachts an Land gehen.

Vom Wasserbecken können wir zwei Kammern des Schwimmers füllen, das reicht für Wochen. Zum Gepäck müssen wir zurück, weil wir da unser Feuerzeug zurückgelassen haben – Magnet, Benzin und Watte. Wir können dann nachts Feuer machen, das gibt Wärme und die Flamme kann uns vom Leben erzählen.

Noch etwas gibt es an der Küste: das offene Meer und den freien Blick. Im Busch sind wir eingeschlossen, hier sehen wir nichts. Wenn wir an der Küste bisher auch erfolglos Ausschau gehalten haben, vielleicht sehen wir doch mal etwas – an der Küste dürfen wir wenigstens Hoffnung haben.

Deshalb also gehen und kriechen wir Richtung Nordost, drei Tage, das sind der vierundzwanzigste, der fünfundzwanzigste und der sechsundzwanzigste Tag – bald ist es ein Monat!

Von welchen Einzelheiten soll man berichten? Drei Tage im Busch ist eine unendlich lange Zeit!

Es wird immer hektischer – voran, nur voran, stolpernd, fallend, sich wieder aufrichtend, kriechend, erschöpft liegen bleibend, das erschreckte Auffahren aus einem Halbschlaf, das hastige Weitergehen, nicht zu schnell, weil dann wieder alles schwankt und dunkel wird ringsherum. Es wird immer schlimmer mit dem Schwanken und der Dunkelheit.

Die heiße Luft zittert, überall glaubt man Rauch zu sehen. Spuren von Menschen. Die Beine bewegen sich mechanisch, es ist nicht zu verstehen, dass sie sich überhaupt noch bewegen, dass man immer wieder noch vorantorkelt, dass die Muskeln noch arbeiten, wo doch keine Muskeln mehr sein dürften, da wir ihnen keine Nahrung geben.

Und die Gier Nahrung zu finden! Magen und Brust schmerzen, immer wieder hat man einen gedeckten Tisch vor Augen, sieht Fleisch und Brot. Aber da ist nichts und auf den Bäumen sind keine Früchte.

Baumblätter versuchen wir nicht mehr, da macht der Magen nicht mit, auch nicht bei Baumrinde. Nur nicht krank werden, dann lieber hungern.

Auf einem sonnigen Fels sehen wir Eidechsen, sie sind verschwunden, als sie uns hören. Auch eine Schlange sehen wir, wenn wir sie nur hätten erschlagen können.

Einmal fangen wir zwei Eidechsen, ich kann aber nicht mehr sagen, wie Eidechsen schmecken. Gekocht haben wir sie nicht, dafür hätten wir ein Feuer machen müssen. Wir hätten auch die Schlange roh gegessen.

Die beiden Eidechsen, fingerlang, der handgroße Fisch vor

langer Zeit und später noch jeder drei Schnecken, das war alles – mehr haben wir nicht gegessen in vierzig Tagen …

Weiter, Richtung Nordost, den zweiten Tag jetzt.
Als ich wieder einmal stolpere, lasse ich den Kompass fallen. „Vorsicht!“, schreit Klausmann, „ich will ihn wieder einbauen.“ Das ist ein gutes Wort in unserer Lage und es ist gut, es von Klausmann zu hören. Glaubt er wieder an die Zukunft?
Weiter, nur voran!
Später an diesem Tag. Es ist sehr heiß geworden und ich fasse zum Hals, um das Tuch ein wenig zu lockern – das Tuch ist weg!
Ich habe das Tuch meiner Mutter verloren – und habe plötzlich die entsetzliche Angst, ohne dieses Tuch keinen Schritt mehr weitergehen zu können. Auch Klausmann nicht, auch für ihn war das Tuch inzwischen der Ansporn, das Letzte aus sich herauszuholen, war dieser Fetzen Seide die Verkörperung der Heimat, des Lebens geworden.
Stundenlang suchen wir, können nicht genau sagen, ob wir hier gegangen sind oder nur wenige Meter weiter rechts oder links. Das Tuch im Busch ist wohl wie die Stecknadel in der Sandgrube. Wir kriechen kreuz und quer, verzweifelt, geben bereits die Hoffnung auf, als das Tuch vor uns unter einem Fels liegt, wo wir geruht hatten.
Die Mutter ist wieder bei uns. Nun wieder weiter – jung sind wir, leben wollen wir!

Am dritten Tag sind wir angekommen. Zwischen zwei großen Felsen taucht die Küste auf. Aber wo ist jetzt das Boot, das Wasserbecken – östlich oder westlich von uns? Mit Kompass Südwest hatten wir die Küste verlassen, mit Kurs Nordost kommen wir zurück. Das ist richtig, aber der Busch ist überall gleich, Merkzeichen für den Rückweg gab es nicht. Wir sind also endlich zur Küste zurückgekommen, wissen aber nun nicht, ob Schwimmer und Wasserbecken im Westen oder Osten liegen.

Und wieder gehen wir in der falschen Richtung – einen halben Tag nach Westen, bis wir auf einer Landzunge stehen und erkennen, dass wir uns geirrt haben, dass wir nach Osten hätten gehen sollen, dass wir abermals zurück müssen.

Wir sind nun schon daran gewöhnt, genarrt zu werden – oder sollte es was anderes sein, immer wieder eine Prüfung? Ich weiß es nicht, weiß nur, dass wir fast selbstverständlich die Kraft finden den gleichen Weg entlang der Küste zurückzugehen. Wir müssen zum Boot, also müssen wir uns umwenden.

Wir kommen nur noch langsam, sehr langsam voran. Klausmanns Beine sind mit offenen Wunden bedeckt. Immer nach ein paar Schritten muss er sich hinsetzen, wird es ihm schwarz vor den Augen. Danach kostet es ihn viel Überwindung, aufzustehen und sich immer und immer wieder weiterzuschleppen. Wo ist das Boot? Wir dürfen die Küste nicht verlassen, können keinen Landvorsprung abschneiden, müssen am Strand bleiben, man könnte an der kleinen Bucht, wo der Schwimmer liegt, vorübergehen.

Am Morgen des siebenundzwanzigsten Tages kann Klausmann nicht mehr. Ich muss ihn zurücklassen und allein weiter, das Boot suchen. Es ist grausig, allein zu sein. Ringsum die unheimliche Stille, nur das Rauschen der See. Gibt es überhaupt noch Menschen? Die Gedanken verwirren sich oft. Ist das der Anfang?

Nur das nicht! Ich versuche mit Gewalt an andere Dinge zu denken, spreche wieder mit mir selbst – aber immer wieder kommt die Angst die Nerven zu verlieren. Für Stunden spreche ich mit der Mutter; ihr Tuch ist nun fest um den Hals gebunden, fünffach verknotet. Ich muss zur Mutter zurück!

Dann endlich erkenne ich den Weg, finde das Wasserbecken

in der Nähe unserer Bucht, finde die Bucht. Alles ist unverändert, der kurze Sandstrand, wo wir nach den fünf Tagen an Land kamen, der Baum, unter dem wir lagen und dessen Blätter wir kauten, und drüben das Boot, ein Teil unseres Flugzeuges. Die See ist heute unruhig. Der Schwimmer, bei Hochwasser auf den Strand gezogen, schwimmt – das Wasser ist gestiegen! Doch die Verankerung ist fest, es kann nichts passieren.

Nach kurzem Ausruhen gehe ich zurück zu Klausmann. Die gute Nachricht, die ich ihm bringen kann, treibt mich rascher voran. Von weitem schon höre ich seine Stimme. Stundenlang hat er gerufen. Wir waren nur kurze Zeit getrennt, doch ist das Wiedersehen, als ob man Jahre fortgewesen sei. Wir gehören zusammen, werden auch bis zum Ende zusammenbleiben – so oder so.

Meter um Meter schleppt sich Klausmann voran. Es wird bereits dunkel, wir müssen aber bald an der Bucht sein und werden heute unter dem gleichen Baum schlafen, unter dem wir schon mal lagen. In der Bucht sind wir zu Hause.

Die See ist am Abend sehr unruhig geworden, der Wind heult in den Felsen und es gibt weiße Schaumköpfe weiter draußen. Wenn nur die Verankerung des Schwimmers halten wird!

„Schneller, nur noch ein paar hundert Meter.“

Und wir stolpern, fallen, kriechen über die Felsen, sind am Wasserbecken, jetzt an den ersten Bäumen der Bucht, jetzt am Strand – und stehen erstarrt.

Das Boot hat sich losgerissen, ist auf die Felsen geworfen…

Ist das das Ende?

Gehen werden wir nicht mehr können. Die Beine haben ihren Dienst getan. Das Boot war die letzte Hoffnung.

Wir waten durchs Wasser, stehen auf den Felsen.

Der Schwimmer ist leckgeschlagen, jede Welle hebt ihn

hoch und wirft ihn wieder auf die scharfkantigen Steine. Ein guter Kamerad, der unser Flugzeug nach den Landungen getragen hat und uns von der offenen See zurück zum Land, wird zerrissen. Das Boot scheint aufzuheulen bei jedem neuen Schlag.
Es ist eine Gewaltarbeit, den Schwimmer von den Felsen herunterzuzerren, wir sind nur noch kraftlose Menschen. Einige Kammern sind voll Wasser, das Boot kann jeden Augenblick versinken – doch wir schaffen's, schleppen das Wrack auf den Strand.

Und wieder muss es einen Ausweg aus dieser hoffnungslosen Lage geben. Fünf Kammern des Schwimmers sind leckgeschlagen, die vorderen, eine Reparatur ist unmöglich. Die letzten vier Kammern sind weniger beschädigt. Wir müssen das Boot zersägen und diese Kammern notdürftig flicken. Es wird allerdings nicht mehr als eine Nussschale übrig bleiben, mit der wir uns dann noch der See anvertrauen wollen – es bleibt nur ein Hoffnungsschimmer.
Die Metallsäge aus dem Werkzeugkasten des Flugzeuges hatten wir mitgenommen, ist bei unserem Gepäck. Die Säge muss jetzt ihre Dienste tun. Zeit dürfen wir nicht verlieren. Mit jeder Minute werden wir schwächer.
Die Nacht und den nächsten Tag hindurch sägen wir. Es ist so, als ob man sich ins eigene Fleisch schneidet, wenn wir jetzt einen Teil des Flugzeuges zersägen.
Auf ein Segel müssen wir verzichten. Das winzige Boot würde durch das Gewicht des Mastes kopflastig werden und bei der kleinsten Welle kentern. Also nur noch ein Notmast, eine Stange, vielleicht für einen Fetzen Tuch, um die Arme zu entlasten.
Die Ruder werden mit Lederriemen befestigt, nur das notwendigste von unserem Gepäck kann verstaut werden, in eine der vier Kammern wird Wasser gefüllt. Wir sind bereit. Morgen bei Sonnenaufgang werden wir also nochmals

rudern, nur bei spiegelglattem Wasser, ganz dicht unter Land. Wie weit werden wir kommen? Zweihundert Kilometer beträgt die Entfernung bis Wyndham, Luftlinie, das sind zweihundertfünfzig Kilometer entlang der Küste. Wird das mit dem Boot möglich sein? Werden unsere Arme das noch können? – Wir haben keine Wahl, es ist der letzte Versuch.

Das Buschfeuer

In der Nacht ist da wieder der endlose Sternenhimmel und das glitzernde, funkelnde Meer. So ist die eine Hälfte der Welt, die uns umgibt, die andere, das Land, ist dunkel und drohend.

Wieder liegen wir unter unserem Baum, an Schlaf ist nicht zu denken.

Es war heute der achtundzwanzigste Tag. Morgen ist wieder Sonntag, so wie vor zwei Wochen, als wir voller Hoffnung mit unserem Schwimmer aus der Notlandebucht losfuhren. Und es sind jetzt vier Wochen, als wir uns in einer Sonntagnacht zum Flug über die Timorsee vorbereiteten.

Morgen werden wir die letzte Möglichkeit versuchen den Weg zum Leben zu finden. Das Ruderboot, nur eineinhalb Meter lang, liegt bereit. Am Abend haben wir einen Strauch mit kleinen grünen Beeren gefunden. Die Beeren sind hart, schmecken bitter, aber wir kauen unentwegt. Die Geschmackssinne sind unempfindlich, die Zunge dick geschwollen und weiß. Es ist gleichgültig, ob man Eidechsen, Baumblätter oder diese Beeren verschlingt. Man muss doch dem Magen etwas anbieten – so glauben wir.

Der Baum über uns, das Gras, die Felsen ringsum sind uns nun gut bekannt. Morgen werden wir von hier fort sein, werden uns noch einmal auf den Weg machen. Was wird werden? Wird unser winziges Boot nicht bei der ersten größeren Welle kentern? Wird uns die Strömung wieder in die offene See treiben? Ist es unsere letzte Nacht auf der Erde? Morgen werden wir wieder in den kleinen Kammern des Schwimmers hocken, werden rudern und rudern. Wird es gelingen? Wie das Ergebnis sein wird, wissen wir nicht, wir wissen nur, dass es die letzte, die allerletzte Möglichkeit ist.

Was ist mit unserem Magen? Es reißt und zerrt in den Därmen, es wird immer schlimmer. Die Beeren! Waren sie giftig? Sollte das schon das Ende sein?

Wir brechen stundenlang, wälzen uns auf der Erde, haben Fieber. Magen und Darm wollen zerreißen. Werden wir in dieser Bucht liegen bleiben, unter diesem Baum sterben? Nein, nein – wir wollen sofort losfahren, haben plötzlich Todesangst vor der Bucht.

Der Mond ist eben aufgegangen, als wir das Boot ins Wasser schieben, immer noch fiebernd und brechend. Weiter, nur fort von hier! Menschen wollen wir sehen, leben wollen wir, leben! Und wir rudern los – wenige Meter nur, dann müssen wir wieder zurück. Die See ist vom Sturm der letzten Tage noch zu unruhig, der Wellengang zu stark. Das Boot wird gewendet, zurück in die Bucht.

Die Küste vor uns ist unheimlich schwarz.

Aber was ist das da drüben?

Weit im Inland leuchtet ein roter Schein. Ist das ein Trugbild? Nein – das ist ein Feuer! Aber dann müssen da ja auch Menschen sein, die das Feuer angezündet haben! Und wir brauchen nur dem Feuerschein nachzugehen und werden das Leben finden!

„Gott Vater, Du schickst uns die Rettung im Augenblick der höchsten Not." Klausmann liegt auf den Knien und betet laut, während ich mich für den Weg vorbereite. Der Kamerad kann nicht mit. Ich muss ihn wieder zurücklassen, muss so schnell wie möglich zu den Menschen am Feuer. Ich werde mit ihnen hierher zurückkommen. Es werden Eingebore-

ne sein, wir sind ja im „Eingeborenenschutzgebiet“, wie die Landkarte sagt.
In größter Eile wickle ich Fußlappen um die Füße. Die Schuhe sind zerrissen, nur noch Fetzen. Dann gehe ich los.
Weit leuchtet jetzt der rote Schein über dem schwarzen Busch. Ich weiß nicht, ist das Feuer schon hinter dem nächsten Hügel oder ist es einen Tagesmarsch entfernt? Das Mondlicht ist hell. Ich renne, jawohl renne, habe die Kraft dazu, denn vor mir ist das Leben! Der Weg ist weit, der Morgen kommt, die Sonne brennt heiß. Ich habe kein Wasser mitgenommen, glaubte, bald dort zu sein, wollte mich nicht belasten. Voran, nur voran!
Gegen Mittag stehe ich auf einem Hügel, klettere auf einen Fels, sehe den Rauch endlich dicht vor mir, drüben hinter den nächsten Felsen. Es muss ein großes Feuer sein und ich werde wohl viele Eingeborene finden. – Jetzt also kommt der unbeschreibliche Augenblick der Rettung! Bei dem Gedanken wird mir schwarz vor Augen. Kann Freude nicht töten? Ich werde meinen ganzen Willen einsetzen müssen ruhig zu bleiben. Wie wird es sein? Man wird mir Wasser geben, Fleisch, sicherlich Kängurufleisch, ich werde essen – essen! Dann werden wir aufbrechen, zurück zum Kameraden. Die Schwarzen sind stark, sie werden mich tragen. Die Rettung ist da, dort hinter dem nächsten Hügel.
Ich renne, krieche durch die letzten Büsche, schreie. Man muss mich bereits gehört haben. Jetzt bin ich da – jetzt!
Ich stehe unter dem letzten Baum, sehe das Feuer vor mir, es ist ein sehr großes Feuer – es ist ein Buschfeuer …

Und abermals ein Bekenntnis, so wie es nur ein Mensch abgeben kann, wenn er eine solche Not hat erleiden müssen.
Vor mir ist das Feuer, das mich genarrt hat, an dem es keine Menschen gibt, kein Leben. Aber der Tod ist im Feuer, man braucht nur hineinzugehen und alles hat ein Ende!
Ich *weiß*, dass das der Wahnsinn ist. Aber ich kann nicht

dagegen an – meine Füße tragen mich voran. Schritt um Schritt, auf das Feuer zu. Ich stehe im Rauch. Er erstickt mich. Ich greife zum Hals. Da ist ein Tuch, fünffach verschlungen. Ich will Luft, herunter mit dem Fetzen! Die Hände zerren am Knoten. Dann werden die Finger steif, die Arme fallen herab. Es ist das Tuch meiner Mutter! Sie ruft mich und treibt mich aus den Flammen.
So habe ich den beginnenden Wahnsinn erlebt.

Ich weiß nicht, wie ich den Weg zur Küste zurückgefunden habe. Eine Welt war in mir. Ich weiß, dass am Feuer der Wahnsinn war, weiß, dass ich gerettet wurde, weil eine Hand über mir war, die mich schützte und leitete. Und ich komme wieder zum Kameraden, kann ihn beruhigen und ihm versprechen, dass ich die Kraft haben werde uns beide zu retten, dass ich rudern werde, Tag und Nacht rudern werde – nicht ich, die große Kraft in mir wird uns retten.
Wir fahren los, rudern aus der Bucht hinaus. Es ist gegen zwei Uhr morgens, der dreißigste Tag.
Der Mond gibt genug Licht. Jetzt ist die beste Zeit zum Fahren, die See glatt wie ein Spiegel. Wir dürfen dem Boot gar nichts zumuten und entfernen uns nur wenige Meter von der Küste, fahren vorsichtig um die Felsvorsprünge herum. Die Armmuskeln scheinen noch stark zu sein. Stoß für Stoß, Meter für Meter kommen wir weiter, unendlich langsam, aber es geht voran. Wenn nur kein stärkerer Wind aufkommt – beim kleinsten Seegang würden wir das Boot verlieren. Wenn nur keine größere ungeschützte Bucht kommt – wir würden nicht weiterkönnen.
Beim Morgengrauen haben wir etwa zwei Kilometer hinter uns – man darf nicht daran denken, dass wir zweihundertfünfzig vor uns haben! Die Brust schmerzt, die Arme wollen nicht mehr. Mit dem Sonnenaufgang kommt der erste Wind, wird bald stärker, die See unruhiger.
Die ersten Brecher schlagen über uns. Wir müssen schnells-

tens an Land. Hinter der nächsten Landzunge scheint eine geschützte Bucht zu sein. Wir schaffen's, rudern mit aller Kraft um die Felsen herum – dann liegt eine sehr große Bucht vor uns, von Steilküste umgeben! Die Bucht ist weit offen zum Meer und vollkommen ungeschützt. Selbst bei den besten Wetterverhältnissen würden wir nie und nimmer über diesen Meeresarm rudern können. An der Felsküste ist die See stets unruhig, das Boot würde kentern.
Und was jetzt?
Die Antwort ist einfach und klar: Jetzt ist es aus!
Dreißig Tage haben wir das Letzte herausgeholt aus Willen und Kraft, dreißig Tage und Nächte, haben nicht danach fragen dürfen, ob wir Hunger und Durst hatten, ob die Muskeln in Armen und Beinen abstarben. Wir wollten und mussten weiter, den unendlich schweren Weg zur Rettung.
Jetzt aber ist der Kampf endgültig zu Ende.
Gehen, selbst kriechen können wir nicht mehr und rudern nun auch nicht. Die Wildheit des Landes war stärker als wir – jetzt können wir nur noch das Boot auf den Strand ziehen und gut verankern. Dann dürfen wir uns in den Schatten der Felsen legen und warten.
Zwei junge Menschen haben dreißig Tage und Nächte den Weg erkämpfen wollen zurück zum Leben. Es war erfolglos, der Kampf ist zu Ende …

*

So war es am Morgen des dreißigsten Tages nach der Notlandung, es ist Montag, der 13. Juni, etwa eine Stunde nach Sonnenaufgang. Und am gleichen Tag, etwa auch um die gleiche Stunde, wird die Welt alarmiert.
Gibt es eine Dramaturgie des Schicksals?

Das Kabel

Am Montag, dem 13. Juni, frühmorgens, sendet Sergeant Flinders, Polizeistation Wyndham, folgendes Kabel an seine vorgesetzte Dienststelle nach Perth:

13th June, 1932.
Wyndham Radio
Galup Perth:
Sunday 11 P. M. Runners from drysdale mission bring letter from father Cubero dated June 1st as follows stop two tracks about two miles north west from Eric and Elsie Island which are about one hundred miles north west from Wyndham tracks proceeding south stop these are survivors of german seaplane stop cigarette case picked up initials H. B. message in german scratched with nail also handkerchief stop i gauge the time to be 26th May stop tracks lost in stony ground natives instructed to search for the two men and report at Drysdale
Flinders, Sgt.

Perth gibt das Kabel im Original und mit einem ergänzenden Vorschlag weiter nach Melbourne:
aviaf, melbourne, 13. 6. 32
polizeisergeant wyndham sendet kabel wie folgt sonntag 23 uhr läufer von mission drysdale brachten brief von father cubero datiert 1. juni lautend zwei fußspuren etwa zwei meilen nordwestlich eric und elsie island 100 meilen nordwestlich wyndham spuren verlaufen südlich stop stammen von überlebenden des deutschen wasserflugzeugs stop zigarettenetui initialen h. b. und taschentuch gefunden stop schätzungsweise vom 26. mai stop spuren in steinigem gelände verloren eingeborene beauftragt nach den beiden männern zu suchen und in drysdale nachricht zu geben ende
flinders sgt.

Soweit die Übersetzung des Originalkabels. Dann wendet sich Perth an das Luftfahrtamt:
polizeistreife würde wenigstens 14 tage zur angegebenen position benötigen zur zeit befindet sich in wyndham ein flugzeug das mittwoch nach derby fliegen soll stop eingeborene im genannten gebiet als hinterhältig bekannt stop empfehle sie setzen sich mit fluggesellschaft hier in verbindung und veranlassen suche durch flugzeug
commissioner of police.
Hierbei handelt es sich um das gleiche Flugzeug, das vor etwa vierzehn Tagen die Küste von Wyndham nach Port Darwin im Nordosten und die Insel Melville absuchte. Damals hatte niemand an die Küste *westlich* von Wyndham gedacht.
Gleichzeitig ergeht folgende Dienstanweisung an Sergeant Flinders, Polizeistation Wyndham:
sgt. flinders, wyndham, 13. 6. 32
betrifft vermisste flieger stop schickt sofort polizeistreife nach forrest river und lasst eingeborene in richtung spuren suchen stop es ist jede anstrengung zu unternehmen um sie zu finden stop habe luftfahrtamt verständigt über einsatz des flugzeuges wyndham
galup.

Das ist der Anfang.
Man hat also von den beiden Piloten, die bereits totgesagt und mit Nachrufen gewürdigt wurden, etwas gefunden – ein Zigarettenetui und ein Taschentuch.
In einer abschließenden Zusammenfassung werde ich darüber berichten, wie das alles war, wie die Zahnräder ineinander greifen mussten, um in einem Land von der Größe der Kimberleys ein Taschentuch zu finden. Davon später.
Vorerst übernehme ich die Berichte derer, die uns suchten, und die Berichte der Presse, die darüber schrieb. Es war ein weltweites Interesse, das mit jedem Tag zunahm, den die

Verschollenen in einem Land verschollen blieben, in dem es nach Ansicht derer, die das Land kannten, kein Überleben geben konnte. Das Interesse nahm noch zu, als neun Australneger in Ketten gelegt wurden, nachdem eine alte und blinde Eingeborene das Gerücht verbreitet hatte, die beiden Europäer wären erschlagen worden – und sicherlich, so deutete sie an, habe man vor dem Verscharren der Überreste noch was anderes mit ihnen gemacht.

Auch die Berichte der „anderen Seite“ sind *Tatsachenberichte*, unterschrieben von denen, die die Suche durchführten – in der Luft, zu Wasser und beim Treck quer durch die Kimberleys mit Eingeborenen als Führer, mit Pferden und Mauleseln.

Und schließlich gibt es die Erzählungen der Aborigines, die in diesem großen und wilden Land nach Spuren von zwei Weißen suchten, nachdem man ein Taschentuch und ein Zigarettenetui gefunden, die Spuren auf dem steinigen Grund aber wieder verloren hatte.

Zusammengefasst wurden die Berichte von der *West Australian*, Perth, deren *Newspaper Cuttings* mir im Original vorliegen und die ich in Auszügen wiedergebe, soweit sie für den Ablauf des Geschehens von Bedeutung sind.

Angefangen also hatte es mit dem Kabel von Sgt. Flinders am Montag, dem 13. Juni, und mit dem Auftrag der vorgesetzten Dienststelle „jede Anstrengung zu unternehmen“, die mehr als einen Monat verschollenen Piloten zu finden – lebend oder tot.

Es erscheint mir notwendig, vor dem Ablauf des Geschehens die Personen einzuführen, die die Berichte geschrieben haben, wie auch den Ort der Handlung zu umreißen, genauso wie es damals war. Da sind also die Kimberleys, Nordwestaustralien, ein tropisches Buschland, im Sommer unerträglich feucht und heiß, in der Größe etwa vergleichbar mit Deutschland.

Die Kimberleys sind Eingeborenenschutzgebiet mit einigen wenigen Stämmen und mit schätzungsweise nicht mehr als ein paar hundert Menschen. Das Klima ist zu schlecht, der Boden zu unergiebig.
Ganz im Nordwesten der Kimberleys, am Golf von Cambridge, an einer von Krokodilen verseuchten Mangrovenküste, liegt Wyndham, eine Siedlung von auch nur wenigen hundert Einwohnern. In Wyndham gibt es das „Meatwork", eine große Fleischfabrik, wohin die Rinderherden aus dem Ord-River-Gebiet in monatelangen Trecks getrieben werden, zur Verarbeitung für den Export, da verarbeitetes Fleisch bei einer Schiffsreise weniger Gewicht verliert als lebendes Vieh. Die Saison für das Meatwork ist April bis September, die Zeit des australischen Winters. Wir sind jetzt im Juni, also arbeitet das Meatwork in Wyndham, und das Postflugzeug kommt einmal in der Woche von Perth, der Hauptstadt Westaustraliens, mehr als zweitausend Kilometer entfernt an der Südwestküste des fünften Erdteils. Das Postflugzeug – um auch das nicht zu vergessen – hat keinen Funk an Bord.
Außer Wyndham gibt es keine Siedlungen in den Kimberleys, nur zwei Missionsstationen – Drysdale und Forrest River. Da in diesem Buschland Entfernungsmaße wenig aussagen, rechnet man nur nach der Anzahl der Tagesreisen, die die Maultiere benötigen, um hinzukommen – das sind drei bis fünf Tage von Wyndham bis Forrest River und dann nochmals vierzehn Tage bis Drysdale.
Als weitere Verbindung in Nordwestaustralien fährt einmal im Monat ein Schiff von Fremantle, das ist der Hafen von Perth, an der Westküste entlang nach Norden, um die Küste der Kimberleys herum, mit Kurs Wyndham und Port Darwin, weit im Nordosten. *Koolinda* heißt dieses Schiff und wir haben es bereits kennen gelernt, als es die schiffbrüchigen Piloten beinahe rammte, sie aber nicht sah.
In den beiden Missionsstationen gibt es nur ein paar Missio-

nare und eine Anzahl Eingeborene. Die aber bleiben meist nur kurze Zeit. Wenn sie sich ihren Tabak verdient haben, laufen sie über Nacht wieder weg zu einem „walk about“ in ihrem Busch. Hier leben sie wie in der Urzeit, machen mit ihren Speeren Jagd auf Kängurus, suchen sich Eidechsen, Maden und Käfer und als besondere Zugabe schlecken sie wilden Honig, mögen noch so viele Fliegen darin kleben.
Viel brauchen die Aborigines der Kimberleys nicht – aber ihre Freiheit, die wollen sie behalten.

Noch kurz die wichtigsten Personen, die die verschollenen Piloten suchten und deren Berichte ich zusammenfasse:
Da ist Father Cubero von Drysdale River Mission, dessen Nachricht alles in Bewegung setzte. Seine Mission wurde vor etwa zwanzig Jahren gegründet. Die Missionare sind Spanier.
Da ist Sergeant J. F. Flinders, Polizeistation Wyndham. Flinders hat mit der Buschpolizei für Ordnung zu sorgen, so merkwürdig das klingen mag bei der Größe der Kimberleys. Wenn im Busch etwas zu tun ist, setzt Flinders seine Leute ein, so wie diesmal Constable W. G. Marshall, der den Auftrag bekommt, den Treck in die Kimberleys zu führen, mit allen Vollmachten.
Captain Crane ist Schiffsführer der Meatwork-Barkasse, die bereit gehalten wird, von Wyndham aus die Küste nach Westen abzusuchen, sobald sich das Meer beruhigt.
Captain Sutcliffe ist der Pilot der D. H. 50, die morgen über die Kimberleys fliegen wird.
Schließlich sind da noch etwa hundert andere, deren Namen ich nicht kenne, Weiße, Halbblut oder Aborigines. Sie alle bereiten sich am Montag, dem 13. Juni, vor, in den Busch zu ziehen – ohne viel Hoffnung nach dreißig Tagen.

Pilot Sutcliffe wird morgen früh als Erster unterwegs sein. Er wird zwei Begleiter an Bord haben und bei Tagesanbruch starten. Kurs Nordwestküste.

Ein Flugzeug fliegt vorüber

Hier liegen wir in den Felsen, irgendwo an der Nordwestküste Australiens. „Cape Bernier“ heißt es auf der Karte. Hier am Cape Bernier warten wir auf das Ende.
Das Boot, der Rest unseres schönen Schwimmers, ist auf den Strand gezogen und sorgfältig festgebunden. Unser Wasser ist in einer Kammer. Das Gepäck, Magnet, Feuerzeug und Werkzeugtasche sind unter einem Felsvorsprung verstaut.
Hier liegen wir also nun untätig, sehen aufs Meer, über dem der erwachende Tag heraufkommt, und warten – worauf, das wissen wir nicht.
Es ist der einunddreißigste Tag.
Was denken wir, was geht in uns vor? Wir müssen uns doch darüber klar sein, dass es nunmehr zu Ende geht, dass es für uns keine Möglichkeit mehr gibt, weiterzukommen. Wir haben wirklich Unmenschliches geleistet in den dreißig Tagen Kampf – jetzt ist es aus. Sind wir verzweifelt? Werden wir doch noch wahnsinnig werden, bevor der Tod kommt? Es ist seltsam, aber vorerst sind wir ganz ruhig, so als ob wir uns damit abfinden würden, dass es keine Rettung mehr geben kann.
Der wolkenlose Himmel und das weite Meer führen meine Gedanken weit weg, das eintönige Dröhnen der Brandung schläfert mich ein.
Ich träume, erlebe nochmals alles, wie es war, als wir zu diesem Flug gestartet sind – *Atlantis-Expedition* habe ich den Flug genannt. Der Start, in Köln, auf dem Rhein, in der Nähe meiner Vaterstadt, war schwer, denn es war Winter, eisig kalt, und der Motor wollte nicht anspringen, als habe er uns zurückhalten wollen von diesem Flug. Drüben am Ufer stehen alle, die zum Abschied gekommen sind. Der Motor will und will nicht anspringen, Klausmann schimpft über die Kälte, füllt heißes Wasser in den Kühler, dreht den

Propeller nochmals durch, dann springt der Motor an und läuft jetzt ruhig und gleichmäßig.

Der Traum ist zu Ende, ich liege wieder an der australischen Küste – den Motor aber, der mit dem heißen Wasser angesprungen ist, den höre ich immer noch brummen, er wird sogar lauter – und das ist jetzt kein Traum mehr, das ist Wirklichkeit!

Ich höre einen Flugzeugmotor – und ich sehe ein Flugzeug! Ist es ein Wahnbild, ist es schon zu Ende mit mir? Nein – dort weit im Inland ist ein schwarzer Punkt am Himmel, er wird größer, kommt auf uns zu – ein Flugzeug!

Klausmann hat den Motor auch gehört, starrt wild auf den winzigen Punkt in der Ferne, glaubt sicher, dass das Schicksal ihm wieder etwas vorgaukeln will. Aber es ist die Wahrheit. Das Flugzeug kommt näher.

Herrgott, da ist das Leben! Die Rettung kommt zu uns in dem Augenblick, als wir die Hoffnung aufgegeben haben. Der Pilot muss uns sehen. Wenn er diesen Kurs nur noch eine Minute beibehält, wird er in niedriger Höhe über uns hinwegfliegen, wird er die beiden Gestalten an der menschenleeren Küste erkennen. Unsere Nerven sind zu schwach, diesen Augenblick ruhig zu ertragen. Wir schreien, brüllen, kriechen umher und winken.

Jetzt ist die Maschine dicht vor uns, jetzt wird der Pilot beidrehen, eine Kurve fliegen, um uns kreisen, Lebensmittel abwerfen und uns Zeichen geben, dass er Hilfe schicken wird, dass wir nur noch wenige Tage zu warten brauchen.

Das Flugzeug ist heran, ganz genau über uns, jetzt muss es beidrehen, jetzt – ich selbst sitze da oben am Steuer und drehe die Kurve –, der Kamerad aber, der die Hand am Steuer hat, tut das nicht, er fliegt weiter, behält seinen Kurs genau bei.

Das Flugzeug fliegt vorüber und wird kleiner hinter den Felsen der wilden Küste …

Klausmann torkelt in der Richtung hinter dem Flugzeug her, taumelt, schlägt sich blutende Wunden. Ich stehe erstarrt und kann es nicht fassen, dass das Leben vorüberfliegt, dass es uns nicht sehen will.
Wie das Schiff damals – das Leben *will* uns nicht sehen!
Der winzige Punkt verschwindet am Horizont – so wie das Schiff. Da ist wieder nur noch das Meer und der leere Himmel.
Meine Gedanken verwirren sich, ich bin mir nicht mehr klar, ob es Wirklichkeit gewesen ist. Kann denn das möglich sein? Wie oft schon glaubten wir die Rettung zu sehen – und immer wieder gab es nur Enttäuschung. Heute frage ich mich manchmal, wie die Nerven das haben ertragen können – ich weiß aber ebenso heute, dass der Lebenswille mit jeder Stunde zunahm, die uns dem Ende näherbrachte.

Wieder liegen wir im Schatten der Felsen. Wir versuchen uns einzureden, dass man uns sucht. Warum aber hat man uns nicht gesehen, wenn man uns suchte? Das Flugzeug flog doch genau über uns hinweg.
Plötzlich glaube ich zu wissen, wie es war, und bin dann ganz sicher: Das Flugzeug war ein Kabinenflugzeug. Die Beobachter, die auf die Küste hinuntersahen, saßen also in einer Kabine. Aus den geschlossenen Fenstern einer Flugzeugkabine aber kann man nicht senkrecht nach unten sehen, es bleibt ein kleiner toter Winkel unter dem Boden der Kabine. Man hat uns nicht gesehen, weil das Flugzeug so haargenau über uns hinwegflog.
So muss es gewesen sein – aber warum? War es immer noch nicht genug?
Ich will nicht verzweifeln, will den Glauben an die Rettung nicht verlieren, versuche davon überzeugt zu sein, dass man sich nicht mit dem einen Flug, mit dem ersten Versuch zufrieden geben wird, dass man wiederkommt, dass man uns doch noch findet, bevor alles zu Ende ist. Die Hilfe

wird eines Tages kommen. Also muss es einen Weg geben, uns bis dahin am Leben zu erhalten!
Das ist wieder ein Ziel – *warten* heißt jetzt unser Ziel, so lange als möglich warten. Also müssen wir dem Körper Nahrung geben, um länger warten zu können. Wasser haben wir für die nächsten Tage, aber wir müssen auch etwas zu essen haben! Wenn die See ruhiger ist, werden wir morgen versuchen Muscheln zu finden.
Es wird jetzt ein Kampf um die Zeit sein – wie schnell kann die Rettung kommen, wie lange können wir warten.

*

„Ich muss mich auf sechs Wochen einrichten“, überlegt Constable Marshall, der über Land, durch den Busch ziehen will. Vierzehn Tage wird er nach seiner Berechnung brauchen, um dahin zu kommen, wo man Taschentuch und Zigarettenetui gefunden hat.
„Aus der Luft ist nichts zu machen“, erklärt Pilot Sutcliffe, und seinen Bericht fasst die *West Australian* etwa so zusammen:

MISSING AIRMEN.

SEARCH BY ‘PLANE.

NO TRACES FOUND.

DANGER FROM NATIVES.

Perth, Mittwoch, 15. Juni.
... obwohl Captain Sutcliffe gestern einen ausgedehnten Flug entlang der Nordwestküste und über das Gebiet rund um die Drysdale Mission machte, fand er keine neue Spur von den deutschen Fliegern, die seit dem 15. Mai verschollen sind.

Der Suchtrupp der Polizei, der heute von Wyndham aufbrechen wird, rechnet mit etwa vierzehn Tagen, um zu dem Punkt der Küste zu kommen, wo man das Zigarettenetui fand.
Bushmen der Kimberleys glauben nicht, dass die verschollenen Piloten noch leben, wegen der Wildheit der Kimberleys und der Eingeborenen.

PILOT'S LONG FLIGHT.

COAST AND BUSH EXAMINED.

... Pilot Sutcliffe startete in Wyndham bei Tagesanbruch. Er überflog das Gebiet, wo die Spuren gefunden wurden. Er sah jedoch nichts von den Verschollenen und flog dann nach Drysdale. Da er nicht landen konnte, flog er tief über die Mission und warf eine Notiz ab. Man sollte zwei weiße Tücher auf den Boden legen, wenn man die Verschollenen tot gefunden hätte, ein Tuch, wenn es neue Spuren gäbe und mit einem Tuch winken, wenn es nichts Neues gäbe. Man winkte.
Pilot Sutcliffe hatte eine Karte der Admiralität an Bord und stellte fest, dass es an der Küste eine große Bucht gab, die nicht auf der Karte verzeichnet war, und einen tief ins Land gehenden Kanal, schiffbar für große Schiffe. „Zu gebrauchen mit entsprechender Vorsicht", heißt es auf der Karte.
Pilot Sutcliffe erklärte nach seiner Landung in Wyndham, dass eine Suche aus der Luft keinen Erfolg haben könnte, weil es keine Möglichkeit für eine Landung gäbe. Man müsse ein Wasserflugzeug haben oder mit einem Schiff entlang der Küste dahin fahren, wo die Spuren gefunden wurden, um von da aus weiterzusuchen.
Der Polizeitrupp unter Constable Gordon Marshall mit Pferden und Mauleseln braucht vier Tage bis Forrest River Mission und wenigstens nochmals zehn Tage bis zur Küste.

Der Weg durch den Busch und über die Felsen ist sehr schwer und man muss damit rechnen, Umwege von zwanzig Meilen machen zu müssen, um fünf Meilen weiterzukommen. Marshall muss auch erst einmal die Eingeborenen finden, die die Spuren gesehen haben und die diesen Teil der Kimberleys kennen.

TREACHEROUS NATIVES.

... Das Gebiet der Kimberleys zwischen den Missionsstationen Drysdale und Forrest River wird von der Buschpolizei als sehr gefährlich bezeichnet. In den letzten Jahren wurden hier fünf Weiße von Aborigines ermordet. Man befürchtet, dass die beiden Verschollenen, wenn sie auf Eingeborene gestoßen sind, die nicht zu den Missionsstationen gehören, zu freundlich waren. Dann würden die Aborigines glauben, die Weißen hätten Angst und würden sie erschlagen.

Die Zahnoperation

Die Nacht zum zweiunddreißigsten Tag. Das Flugzeug ist nicht zurückgekommen. In zwei Tagen ist Vollmond. Wie lange werden wir noch leben? Bis zum nächsten Vollmond? Noch einen ganzen Monat? Nein – das ist unmöglich, so viel Widerstandskraft kann ein menschlicher Körper nicht haben.

Lange Stunden starre ich schlaflos in die helle Nacht. Wie schön war das Leben. Ich habe nie gewusst zufrieden zu sein. Jetzt weiß ich, wie ich die Schönheiten des Lebens schätzen sollte – jetzt ist es zu spät.

Die See wird unruhiger. Die Brandung dröhnt in den Felsen. Der Wind heult. Bei zunehmendem Mond steigt die Flut höher. Wird unser Flugzeug noch gut gesichert auf dem Strand in der Notlandebucht liegen? Vielleicht ist immer noch der Gedanke in mir, für meine Maschine verantwortlich zu sein, vielleicht will ich mich noch nicht damit abfinden, dass alles zu Ende ist und ich meine *Atlantis* nicht mehr wiedersehen und nicht wieder fliegen werde.

Wie lange haben wir geschlafen? Was ist los? Wir liegen im Wasser! Die Flut hat unser Lager erreicht, Wellen überspülen uns, wir waren zu tief zwischen die schützenden Felsen gekrochen. Wir müssen sofort hier heraus, wir würden hier ertrinken. Fast möchte man liegen bleiben. In einem Augenblick wäre alles vorüber.

„Raus hier!“ Noch denke ich.

Wir klettern höher in die Felsen. Vollkommen durchnässt kauern und kriechen wir dicht zusammen, suchen vergeblich Schutz vor dem Wind. Jetzt werden wir wohl krank werden. Der Körper kann doch keinen Widerstand mehr leisten gegen Nässe und Kälte. Wir werden nicht mehr lange warten können und den Kampf um die Zeit verlieren.

Gegen Morgen bezieht sich der Himmel, später regnet es, ganz ungewöhnlich zu dieser Jahreszeit. Es ist gut, jetzt überall Pfützen zu sehen, verdursten werden wir also nicht – aber könnten wir nur irgendwo unterkriechen, uns vor dem Regen schützen! Es tropft überall. Auch am Tage werden wir ohne Sonne nicht trocken. Am Strand liegen zwar angespülte Baumstämme und Äste, aber es ist vergebens, als wir versuchen ein Feuer anzuzünden. Das Holz ist zu feucht. Weiter im Inland würden wir vielleicht trockenes Gras finden – wir haben aber keine Kraft mehr dahinzukommen und bleiben stumpfsinnig zwischen den Felsen hocken, nass bis auf die Haut, frierend im kalten Seewind.

Seit ein paar Tagen schon schmerzt einer meiner Backenzähne, jetzt werden die Schmerzen schlimmer. Nässe und Kälte können nicht die richtige Behandlung für einen kranken Zahn sein.

Klausmann ist in diesen Tagen stärker als ich. Als die Ebbe einen Teil des Strandes freilegt, kriecht er zwischen die von der Flut überspülten Steine. Ich sehe ihn mühselig nach

Muscheln suchen, kann ihm nicht helfen, liege fiebernd und mit wilden Zahnschmerzen neben einer Wasserpfütze.

Nach Stunden kommt Klausmann zurück. Er hat sechs Wasserschnecken gefunden. Mit einem Stein zerschlagen wir das Gehäuse und verschlingen das wundervoll weiche Fleisch – die Geschmackssinne aber sind wohl tot, denn es war nicht anders, als wir Baumblätter aßen. Danach kauern wir wieder eng aneinander geschmiegt unter einem Fels und warten, dass sich die Wolken zerteilen, dass die Sonne durchkommt.

In der Not ist der Mensch mit Wenigem zufrieden. Wie glücklich würden wir in diesem Augenblick sein, wenn die Sonne käme. Wir, die wir wohl die letzten Tage leben, bitten nur noch um das warme Sonnenlicht.

Stundenlang starren wir auf den Fetzen unserer australischen Karte, sehen, wo Wyndham liegt. Auf der Karte sind es nur die zwei Zentimeter Entfernung von Cape Bernier bis Wyndham – es sind die für uns unüberbrückbaren zwei Zentimeter zurück zum Leben.

Ich werde nun ein Tagebuch schreiben, angefangen vom Augenblick nach der Notlandung, werde alles aufzeichnen, vielleicht wird eines Tages doch ein Mensch hierher kommen. Man soll wissen, wie es bis zum letzten Augenblick war. Ich schreibe in Stichworten, erlebe nochmals unseren Sturmflug über die Timorsee und den großen Augenblick, als wir Land sahen – dieses Land, in dem wir jetzt liegen! Für meine Nerven ist das Tagebuch nicht gut, ich gebe es auf.

Die Zahnschmerzen werden schlimmer, sind kaum noch zu ertragen, der ganze Unterkiefer scheint entzündet. Was kann ich nur dagegen tun? Wenn wir keinen Ausweg finden, wird mich das Fieber umwerfen, wird es mit mir früher zu Ende sein als mit Klausmann. Das aber wollen wir nicht, es soll für beide gleich lange dauern.

Dann muss etwas geschehen – Klausmann muss den Zahn

ziehen! Heute versichere ich immer wieder: Klausmann war ein ausgezeichneter Monteur – ich muss aber auch sagen, dass er ein sehr schlechter Zahnarzt war!
Es hilft nichts, wir müssen uns entscheiden, wir haben keine Wahl.

Am Cape Bernier gibt es keinen gepolsterten Operationsstuhl, keine sauberen Instrumente, keine desinfizierenden Mittel – wir haben nur eine rostige Zange. Klausmann muss versuchen den Backenzahn mit der Zange zu fassen und herauszureißen. Wir sind uns beide darüber klar, dass die Operation lebensgefährlich ist, dass es mit der schmutzigen Zange eine Blutvergiftung geben kann, dass wir keine Hilfsmittel gegen eine Blutvergiftung haben.
Wir warten bis zum Spätnachmittag. Klausmann schreckt vor der Operation fast mehr zurück als ich selbst. Der Gedanke muss für ihn furchtbar sein, den Kameraden vielleicht zu verlieren. Es hilft nichts, der Schmerz ist nicht mehr zu ertragen, der Körper durch die Schwäche vollkommen widerstandslos. Als Schüttelfrost hinzukommt, ist Klausmann bereit.
Er sitzt auf einem Stein. Ich liege vor ihm, habe den Kopf fest in seinen Schoß gedrückt, verkrampfe die Hände in die Erde. Es regnet immer noch, alles ist nass, düster, alles erscheint so hoffnungslos.
Dann beginnt Klausmann, kann mit aller Kraft die Zange so weit auseinanderbringen, den kranken Zahn zu packen, ihn zu umfassen, reißt, gleitet ab – und hat ein Stück abgebrochen!
Die nächsten Stunden waren unvorstellbar und unbeschreiblich!
Immer wieder kommt Klausmann mit der Zange, bricht Stück für Stück vom Zahn ab und kann den Rest kaum noch fassen. Ein paar Mal war ich ohnmächtig. Dann hat Klausmann so viel vom Zahn abgebrochen, dass er an die Wurzel

nicht mehr mit der Zange heran kann. Aber wir müssen dem Eiter im Kiefer Luft schaffen, müssen eine andere Möglichkeit finden – und wir finden sie.

Wir haben noch eine Sicherheitsnadel. Klausmann setzt die Nadel in den zerbrochenen Zahn und versucht durchzudrücken, er hat aber nicht mehr die Kraft dazu und muss mit der Zange auf die Nadel schlagen. Dann geht die durch – ich reiße sie heraus – wir haben für Eiter und Entzündung Luft geschaffen – wir sind fertig …

Klausmann war später mit Recht stolz auf seine Operation, von der ich erzählen musste, um das Bild abzurunden. Mehrere Male noch müssen wir mit der Nadel durch die Wurzel, biegen die Spitze etwas um und drehen sie im Kiefer. Dann ist auch das zu Ende und wir warten auf die Blutvergiftung. Nichts geschieht. Der Schmerz lässt nach.

Mag es nun weiter regnen für Tage, mag alles noch so trostlos sein – ich habe keine Schmerzen mehr!

Wir können weiter warten.

Sieben Tage

Die folgenden sieben Tage werden wir auf der „anderen Seite“ bleiben, um bei der Suche dabei zu sein – es werden sieben Tage Kampf gegen die Zeit, da das „Warten“ wohl nicht viel länger möglich ist.

The West Australian.

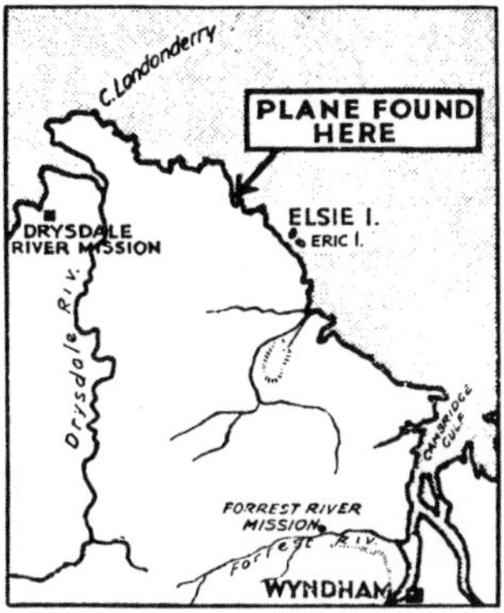

MISSING AIRMEN.

SEAPLANE ON BEACH.

NO TRACE OF CREW.

AN OMINOUS REPORT.

Der 1. Tag

Perth, Mittwoch, 15. Juni.

... bei einem zweiten Flug entdeckte Pilot Sutcliffe heute das deutsche Wasserflugzeug an der Nordwestküste. Das Flugzeug war unbeschädigt.

Nach einem Bericht von Eingeborenen wurden die Piloten einige Tage nach ihrer Notlandung ermordet.

Ein Suchtrupp mit einer Barkasse verließ Wyndham heute Mittag, um die Küste abzufahren. Die Polizeistreife über Land bricht heute Abend auf.

THE AERIAL SEARCH.

Wyndham.

... Pilot Sutcliffe startete heute gegen 8 Uhr 30 zu einem zweiten Flug an die Nordwestküste. An Bord war wie gestern ein Mechaniker, um bei dem langen Flug Benzin aus Reservekanistern nachzupumpen. Als Beobachter flog diesmal Constable Marshall mit, der die Polizeistreife durch die Kimberleys führen wird.

Pilot Sutcliffe nahm zuerst Kurs auf Drysdale Mission, wo man wieder mit einem Tuch winkte, dass es nichts Neues gäbe, dann flog Sutcliffe zu einem anderen Teil der Küste, wo er gestern nicht hingekommen war.

Plötzlich sah die Besatzung zwischen hohen Klippen in einer Bucht ein Wasserflugzeug, auf den Strand gezogen, anscheinend unbeschädigt. Von der Besatzung war nichts zu sehen.

Auszug aus dem Bericht von Constable G. Marshall an Bord der D. H. 50:

„Die Maschine stand hoch auf dem Sandstrand. Eine Tragfläche war abgestützt und ein Schwimmer fehlte. Rund um das Flugzeug sahen wir zahlreiche Fußspuren im Sand. Ein verlassener Lagerplatz der Eingeborenen war nur 30 Yards entfernt. Wir suchten nun ein Stück der Küste und das Hinterland ab, inspizierten alle Rauchwolken, die wir ausmachen konnten, fanden jedoch kein Lebenszeichen der Vermissten. Wir kehrten zur Bucht zurück, und während Sutcliffe die notgelandete Maschine im Tiefflug überflog, warfen sein Bordmechaniker und ich Konservendosen, Tabak und einen Wassersack ab."

Fortsetzung *West Australian*:

Launch Party on its Way.

... Die Barkasse der Meatworks verließ Wyndham heute Mittag. An Bord sind Captain Crane, Constable Goad, ein Funker, ein Dolmetscher, zwei Mechaniker sowie zwei eingeborene Spurensucher.

Die Barkasse ist ein Hafenboot und sollte nur bei ruhiger See fahren. Es wird auch angezweifelt, ob eine Funkverbindung zwischen Barkasse und Wyndham möglich ist. Man konnte dem jungen Funker H. Martin vor der Abfahrt leider nicht genug Batterien für sein Funkgerät mitgeben. Die Funkverbindung mit Wyndham ist auch erschwert durch einen eisenhaltigen Berg hinter den Meatworks, wo die Funkstation aufgebaut ist.

Sgt. Flinders von Polizeistation Wyndham gibt bekannt, dass die Vorbereitungen für die Polizeistreife unter Constable Marshall beschleunigt werden. Noch am Abend wird Special Constable Ronan mit zwei Eingeborenen und vierzehn Pferden und Maultieren nach Forrest River Mission aufbrechen. Der Voraustrupp wird versuchen in vier Tagen bis dahin zu kommen. Es dauert so lange, weil der Treck nach Süden rund um den Cambridge Gulf herum muss.
Constable Marshall wird noch zwei Tage in Wyndham bleiben, um die gesamte Ausrüstung für den Treck durch die Kimberleys zusammenzubringen, also Proviant, Sättel, Zaumzeug usw. Marshall wird dann mit einem Motorboot nach Forrest River fahren, um die Führung des Trecks zu übernehmen, mit allen Vollmachten.
Sgt. Flinders gibt weiter bekannt, dass ihm Namen von Eingeborenen genannt wurden, die die deutschen Flieger totgeschlagen hätten. Er wird die Liste mit den Namen Constable Marshall mitgeben, mit dem Auftrag diese Eingeborenen zu finden und zu verhaften.

Der 2. Tag

The West Australian.

MISSING AIRMEN.

THIRD DAY'S SEARCH

MESSAGE ON 'PLANE.

Wyndham.
... Pilot Sutcliffe startete heute Morgen gegen 9 Uhr zu einem dritten und letzten Flug zur Nordwestküste. Die Postmaschine wird nach Anweisung des Civil Aviation Department morgen ihren planmäßigen Dienst wieder aufnehmen. Pilot Sutcliffe flog sehr tief über das Wasserflugzeug auf dem Sandstrand und bemerkte, dass am Kabinenfenster ein

weißer Zettel angebracht war, sicherlich eine Nachricht der verschollenen Piloten. In Drysdale Mission gab man Sutcliffe abermals ein Winkzeichen, dass es nichts Neues gäbe. Der Pilot warf für die Fathers eine Mitteilung ab, worin beschrieben war, an welcher Stelle der Küste das Wasserflugzeug gefunden wurde. Das war in Drysdale bisher nicht bekannt.

Danach flog Sutcliffe insgesamt etwa 600 Meilen über unbekanntes Gebiet der Kimberleys, ein sehr gefährlicher Flug, wenn sein Motor ausgesetzt hätte. Die Sicht war sehr schlecht, die Suche erfolglos.

Schließlich nahm Sutcliffe wieder Kurs auf die Küste und folgte ihr Richtung Wyndham, um Verbindung mit der Barkasse aufzunehmen, die seit gestern von Wyndham aus unterwegs ist. Als er sie sah, war die Barkasse nur noch etwa 20 Meilen von der Notlandebucht entfernt. Pilot Sutcliffe, der im Großen Krieg Bomber im Royal Flying Corps war, warf eine Flaschenpost für die Barkasse so gut ab, dass die Flasche sofort an Bord geholt werden konnte.

Die D. H. 50 war bei der Landung in Wyndham mehr als acht Stunden in der Luft. Für Captain Sutcliffe ist damit die Suche beendet. Er wird morgen wieder auf seine Poststrecke gehen. Für die verschollenen deutschen Piloten hat er Großartiges geleistet.

Unterwegs ist jetzt die Barkasse der Meatworks. Das Tagebuch führt Constable Goad. Hier ein erster Auszug:

„16. Juni. Um 7 Uhr früh passierten wir La Crosse Island, etwa 48 Meilen von Wyndham an der Mündung des Cambridge Gulf gelegen. Der Himmel war bedeckt, die Wetteraussichten schlecht. An einem Sandstrand etwa drei Meilen südöstlich von Buckle Head sahen wir Rauchzeichen. Um 12 Uhr mittags ankerten wir.

P. C. Goad und die Spurensucher gingen an Land. Von einem Eingeborenen erfuhren wir, dass in dieser Gegend

keinerlei Spuren der vermissten Flieger gefunden wurden. Um 14 Uhr überflog uns die Postmaschine. Der Pilot Sutcliffe warf eine Flaschenpost ab, dass er die Notlandebucht überflogen, aber nichts von den Gesuchten gesehen habe. Auch in Drysdale habe er keine Neuigkeiten erfahren. Ferner habe man südlich und westlich der am Vortag abgesuchten Landstriche ein weiteres großes Gebiet abgeflogen, ohne jedoch Rauchzeichen oder Eingeborene zu entdecken.
Um 18 Uhr 45 erreichte die Barkasse die Notlandebucht bei Nieselregen und ankerte für die Nacht."

In Wyndham ist man beunruhigt, da man bis zum Abend noch keinen Funkspruch von der Barkasse erhalten hat. Das mit den Batterien scheint nicht zu funktionieren.
Man erinnert sich jetzt in Wyndham auch daran, wie hinterhältig die Aborigines sein können, so wie damals, als sie sich anscheinend unbewaffnet einigen Missionaren näherten, dann aber plötzlich ihre Speere warfen, die sie zwischen den Zehen ihrer Füße durch das hohe Gras gezogen hatten.
Nur Mr. Leslie McChie, seit vierzehn Jahren Manager der Meatworks, glaubt nicht daran, dass die Aborigines gemordet haben, nach seiner Meinung sei inzwischen der Einfluss der Missionare und der Buschpolizei größer geworden. Der Manager macht allerdings die Einschränkung, dass erfahrene Australier die Eingeborenen sicherlich richtiger behandeln würden als die Europäer. Wenn die etwa eine Waffe gehabt hätten, würden sie nicht lange gelebt haben.
An Mord glaubt Mr. McChie also nicht, er glaubt aber auch nicht, dass die beiden noch leben. „Sie waren vor der Regenzeit einen Monat im Busch", meint er, „da werden sie kein Wasser gefunden haben."
Nein, so oder so, eine Überlebenschance gibt man den Verschollenen nicht mehr, nach nunmehr dreiunddreißig Tagen in den Kimberleys.

Der 3. Tag

Am Morgen des 17. Juni ankert die Barkasse der Meatworks in der Notlandebucht. Es berichtet Constable Goad:

„17. Juni. Captain Crane, P. C. Goad und die Eingeborenen gingen im Dinghy an Land und untersuchten den Strand und die Umgebung des Flugzeugs nach Spuren der Besatzung. Fußspuren von Eingeborenen, auch solche von Frauen, Kindern und sogar Hunden, waren zahlreich zu sehen. Einige waren erst drei oder vier Tage alt und hatten die Spuren der Weißen offensichtlich unkenntlich gemacht. Zwei Dosen Wyndham Beef und eine Dose Zunge, die Captain Sutcliffe abgeworfen hatte, lagen in der Nähe, waren jedoch beim Aufprall zerborsten. Überreste einiger kleiner Feuerstellen, wie sie Eingeborene machen, waren zu sehen, keine war jedoch so groß, dass sie hätte von den Weißen stammen können. Wir fanden auch keine leeren Flaschen oder Büchsen, aus denen sich die Weißen verpflegt hätten, ebenso wenig leere Patronenhülsen.

Es besteht kein Zweifel, dass Eingeborene das Flugzeug besucht hatten und in die Kabine eingedrungen waren, da der Inhalt verschiedener Fächer in großer Unordnung über den Boden verstreut lag. Einige der Papiere, Karten und Fotos waren nass und auf dem Kabinenboden fand sich eine gewisse Menge des weißen Sandes vom Strand.

Eine Nachricht auf Englisch, die am Fenster des Wasserflugzeugs befestigt war, lautete:

> *„27. 5. 32 Australien*
> *Heute verließen wir das Flugzeug in einem zum Boot umgebauten Schwimmer in westlicher Richtung entlang der Küste. Bertram.“*

Die Maschine ist ein Achtsitzer aus Ganzmetall, Typ Junkers, mit dem Kennzeichen D 1925 am Rumpf und der Flügelunterseite. Auf dem Rumpf steht in einer dünnen, roten Raute „Bertram Atlantis Expedition“. „Atlantis“ ist der

Name des Eindeckers. In der Kabine fanden wir einen großen Lederkoffer, den wir zum Verpacken von Logbüchern, Maskottchen, Kamera, Filmen, Karten, Schutzhelm, Briefen, Fotos, einer großen Zahl frankierter Briefumschläge und verschiedenen anderen Gegenständen benutzten, die wir nach Wyndham mitnahmen.
Die Maschine wurde mit zusätzlichen Seilen und Pflöcken gesichert. Der linke Flügel, unter dem der Schwimmer entfernt worden war, wurde aufgebockt, das offene Cockpit wurde mit einem Wollsack abgedeckt. Eine Nachricht über die Auffindung von Bertrams Botschaft und die Sicherstellung der persönlichen Habseligkeiten der Besatzung wurde hinterlassen.
Um 14 Uhr 15 verließ die Barkasse die Notlandebucht und steuerte nach Westen, bis uns der Einbruch der Dunkelheit zwang, in einer namenlosen Bucht unmittelbar östlich von Cape Bernier zu ankern."
Soweit der Tagesbericht von Constable Goad.
Die Barkasse ankert also in dieser Nacht „unmittelbar östlich von Cape Bernier", wo vor zwei Tagen Bertram und Klausmann in den Felsen lagen – und wo sie vielleicht auch heute Nacht im Nieselregen liegen und warten.

Der dritte Tag soll abgeschlossen werden mit einer makabren Pressenotiz der *West Australian*:

"Kill 'em and Eeat 'em."

lautet die Überschrift eines Berichts aus Wyndham, wonach Kinder von Eingeborenen sich dieses Wortspiel lachend zurufen.
Man brauche das nicht wörtlich zu nehmen, sagt man, aber auch die erwachsenen Eingeborenen in Wyndham würden zugeben, dass sie schon andere Eingeborene verzehrt hätten. Man habe, so schließt dieser Teil des Berichts, noch in undelikaten Einzelheiten vom Kannibalismus gesprochen.

Wenn aber die beiden Piloten aus Erschöpfung gestorben wären, so würden die Eingeborenen sie nicht anrühren. Sie würden auch nicht mehr von ihnen sprechen, und das, so glaubt man inzwischen, sei der Grund, weshalb man nichts mehr erfahren würde, nachdem man die ersten Spuren fand. Wenn die Eingeborenen, so sagt man abschließend, die Weißen tot gefunden hätten, so würden sie im Busch verschwinden – „go bush", wie es heißt.

Der 4. Tag

Die Barkasse, die in der letzten Nacht in einer „namenlosen Bucht" östlich von Cape Bernier ankerte, bricht bei Tagesanbruch auf, um weiter Richtung West entlang der Küste zu suchen. Aus der Notiz am Kabinenfenster der *Atlantis* weiß man, dass die Verschollenen mit dem abmontierten Schwimmer Richtung West gefahren sind. Also wird man Richtung West suchen und wird in den nächsten Stunden um das vor ihnen liegende Cape Bernier kommen, wo die beiden umherirrenden Piloten ihre letzte Zuflucht gefunden hatten, als sie nicht mehr weiterkonnten.

Fortsetzung aus dem Bericht des Constable Goad an Bord der Barkasse:

„18. Juni. Wir verließen unseren Ankerplatz um 6 Uhr und suchten bis 7 Uhr in Richtung Westen. Dann zwang uns schwere See zur Notlandebucht zurückzukehren, wo wir um 11 Uhr bei leichtem Regen eintrafen.

Über Nacht lagen wir vor Anker. Weiterhin Sprühregen."

So war es!

Nur eine Stunde fuhr die Barkasse gegen die schwere See Richtung West, dann musste sie beidrehen. Es war nur ein Hafenboot, wie wir wissen, und nicht seetüchtig. Man machte also kehrt vor Cape Bernier, wo man die Tragödie, die nunmehr fünfunddreißig Tage dauerte, vielleicht hätte beenden können. Die schwere See hatte es verhindert – so als ob jemand einen Daumen dazwischengehalten hätte.

An diesem vierten Tag kommt die „andere Seite“ nicht viel weiter. Es gibt kein Flugzeug mehr über den Kimberleys, die Barkasse liegt fest und in Wyndham, wo man keine Funkverbindung hat, sucht Constable Marshall für seinen Polizeitrupp die letzte Ausrüstung zusammen. Er hat Zeit und kann sich sorgfältig vorbereiten, da Pferde und Maultiere immer noch unterwegs sind und erst morgen Abend in Forrest River eintreffen. Marshall wird mit dem Motorboot nach Forrest River fahren, um dann die Führung des Trecks zu übernehmen – wenn er in Forrest River zur Verfügung hat, was er braucht, also genügend Reit- und Lasttiere und genügend Buschmänner, die ihn dahin führen können, wo man die Spuren gefunden hatte und wo er mit seiner Suche beginnen will.

Fortsetzung aus dem Bericht des Constable Marshall, der nun die führende Rolle übernehmen wird in diesem „Spiel der Zufälle“, oder wie man diesen Kampf um das Leben zweier Menschen bezeichnen will. Hier Auszüge aus seinem Tagebuch und aus den Berichten für seinen Vorgesetzten Sgt. Flinders:

„Samstag, 18. Juni.

Ich verließ Wyndham an Bord des Bootes der Forrest River Mission mit Ausrüstung, Sätteln und Lebensmittelvorräten, um den Polizeizug, der Wyndham am 15. d. M. verlassen hatte, in Forrest River zu treffen.

Sergeant Flinders gab mir eine Liste mit den Namen von fünf Eingeborenen mit, die möglicherweise als Mörder der deutschen Piloten festzunehmen waren.

Um 19 Uhr traf ich bei der Mission ein, wo ich die Suchaktion nach der vermissten Besatzung des deutschen Wasserflugzeugs Atlantis zu organisieren hatte, das am 15. d. M. an einem Strand bei Rocky Island von dem Piloten Sutcliffe, einem Bordmechaniker und mir entdeckt worden war.

Bei meiner Ankunft in Forrest River begrüßte mich Missionar Smith. Er teilte mir mit, dass Reverend James Noble und

Ned (Eingeb.), die mir laut Absprache mit Superintendent Johnson für die Suchaktion zur Verfügung stehen sollten, mit neun Boys losgezogen wären, um auf eigene Faust mit der Suche zu beginnen. Smith sagte mir weiter, dass auch Johnson inzwischen losmarschiert sei, um weitere Buschmänner auf die Suche zu schicken. Am 16. hatte er eine Nachricht geschickt, dass Fred Sanders (Mischling) mit 100 Pfund Mehl und Pferden zu ihm stoßen solle.

Das war alles. Smith meinte, Johnson müsse heute Nacht oder morgen (18. oder 19.) zurückkehren, da er nicht genügend Nahrungsmittel habe, um länger zu bleiben. Smith hatte auch von Eingeborenen gehört, dass die Vermissten ermordet worden seien, wusste jedoch nicht, durch wen oder durch was dieses Gerücht in Umlauf gekommen war. Smith ist äußerst hilfsbereit und ich bin sicher, er sagt mir alles, was er weiß.

Ich zog Erkundigungen unter den Eingeborenen ein wegen dem Zigarettenetui, das an einem Strand in der Nähe von E. und E. Islands gefunden und von einem Eingeborenen Father Cubero, der in der Nähe ankerte, übergeben worden war. Es wurde durch Läufer mit einem Brief an Sgt. Flinders in Wyndham geschickt, ist dort jedoch nicht angekommen. Keiner von den Eingeborenen scheint davon irgendetwas zu wissen. Ich gab den Eingeborenen Tabak und Smith hielt ihnen ein Vortrag, dass jeder von ihnen, der irgendwas über die Vermissten wisse, das erzählen müsse. Ich sprach auch mit Mrs. Noble. Sie sagte, sie habe nichts gehört, würde jedoch herumfragen, da eine Anzahl Schwarzer aus jener Küstenregion, in der das Flugzeug niedergegangen war, vor etwa neun Tagen die Mission besucht hatte. Sie waren jedoch nur eine Nacht geblieben und dann in Richtung Drysdale River weitergezogen."

Der vierte Tag ist zu Ende. Nichts Neues. Die Barkasse ankert in der Notlandebucht und Marshall wartet in Forrest

River auf seine Pferde und Maultiere, die morgen eintreffen werden; er hofft, dass auch James Noble und Ned und die anderen, die die Kimberleys kennen und die ihn begleiten sollen, rechtzeitig von ihrer übereilten Suchaktion zurückkommen.

Dieses planlose Suchen ist nach seiner Ansicht wenig Erfolg versprechend. Marshall hat einen Plan, aber dazu braucht er die erfahrenen Bushmen, die ihm vorerst davongelaufen sind.

Also auch Constable Marshall muss warten – und die Zeit vergeht.

Der 5. Tag

Den fünften Tag beginnen wir wieder mit der Barkasse. Hier Constable Goad:

„19. Juni. Nieselregen. Um 8 Uhr verließen wir die Notlandebucht und untersuchten die Küste in nordwestlicher Richtung bis Cape Bulhieres und Bulhieres Bay. Dem King George River folgten wir zwei Meilen flussaufwärts, wo wir um 13 Uhr Anker warfen. Um 14 Uhr fuhr unser Dinghy zwei weitere Meilen flussaufwärts bis zu dem Doppel-Wasserfall. Der Fluss ist an dieser Stelle 35 Faden tief und mit Alligatoren und Haien verseucht. Um 18 Uhr kehrte das Dinghy zur Barkasse zurück. Übernachtung an Land.“

Wenn man auf der Karte vergleicht, so ist die Barkasse an diesem 36. Tag nach der Notlandung an Cape Bernier vorbeigefahren, weiter bis Cape Bulhieres und zum King George River, weit im Westen.

Von Bord der Barkasse hat man im Nieselregen nichts auf den Felsen am Cape Bernier gesehen – und ob die beiden, die vielleicht noch da drüben liegen, die Barkasse gesehen haben, wissen wir noch nicht. Bemerkbar gemacht haben sie sich nicht.

Aus dem Tagesbericht von Constable Goad sollten wir noch die Bestätigung lesen, wie verseucht mit Krokodilen und

Haien die Buchten an der australischen Nordwestküste sind. Der „King George River“, von dem Goad spricht, führt übrigens nur Wasser in der Regenzeit. Wenn die vorüber ist, gibt es nur noch ein ausgetrocknetes Flussbett, mit Brackwasser an der Mündung. Da bleiben dann die Krokodile.

Forrest River, am gleichen Tag, Fortsetzung aus dem Bericht Marshall:

„Sonntag, 19. Juni.

Stellte sicher, dass sich in der Mission kein Boy befand, der die Küste bis hinunter zu Rocky Island kennt, da alle mit Noble und anderen Suchtrupps unterwegs sind. Schickte fünf Boys los, denen ich Tabak versprach, wenn sie mir drei Boys brächten, die mir die Süßwasserquellen an der Küste bis Drysdale zeigen könnten. Nach Absprache mit Smith ließ ich Rinder zusammentreiben, einige Ochsen schlachten und packfertig einsalzen. Während des ganzen Tages hörte ich mich bei den Schwarzen um. Ein Boy namens „Ronald“ erzählte mir, er stamme aus der Küstengegend nahe „Oomerry“ (der King George River in der Eingeborenensprache). Sofort verständigte ich mich mit Smith und engagierte Ronald. Ein anderer Boy mit Namen „Gurrogg“, der sich gerade von einer Operation im Krankenhaus von Wyndham erholt, gab an, die Küste bei Drysdale zu kennen, doch konnte mir dies nichts nützen. Ich suchte jemanden, der die Süßwasserquellen an der Küste von der Notlandebucht aus kannte, da es eine reine Verschwendung von Zeit und Pferden gewesen wäre, blindlings an die Küste zu marschieren und Wasser zu suchen.

Ich stellte fest, dass kein Eingeborener in der Mission zurückgeblieben war, der die Küste und die Wasserstellen zwischen der Notlandebucht und Drysdale kannte. Alle waren sie auf Suche.

Ich hörte mich unter den Schwarzen um, konnte jedoch nichts über das Flugzeug oder seine Besatzung erfahren.

Ich bat auch Mrs. Noble und schwarze Boys aus der Mission mit den Eingeborenen zu sprechen.
Ein Boy erzählte, dass Hector ein großes Eingeborenenlager zwischen Forrest River und Drysdale gefunden habe. Diese Schwarzen hätten ihm berichtet, dass einige Buschmänner von der Küste – darunter auch die Namen, die wir haben – sie vor neun Tagen auf dem Weg von der F. R. Mission besucht und von der Tötung zweier Weißer erzählt hätten. Wie und wo behielten sie für sich. Dann waren sie weitergezogen.
Laut Hector hießen die Hauptbeteiligten an der Tötung Manarra, Donganga, Wajana alias Monamool alias Bungeye, der König eines Nomadenstammes an der Küste.
Ernest, ein Boy, den ich mitnehmen werde, wenn Johnson nicht zurückkommt, erzählte mir, dass er Bungeye kennt. Er habe schon in Gribbles Zeit einmal einen Weißen an der Küste getötet.
Thomas Ronan und die Spurensucher Gerard und Eric trafen um 20 Uhr mit der Tragtierkolonne ein. Die unbeschlagenen Pferde waren wund gelaufen und ein Maultier lahmte. Ronan hat den Marsch von Wyndham hierher in vier Tagen geschafft, was bei diesem schwierigen Gelände sehr schnell ist.“

Der 6. Tag

Fortsetzung Bericht Marshall:
„Montag, 20. Juni.
Heute frühmorgens erzählte mir Mrs. Noble, dass eine alte Frau im Buschlager etwas wisse. Ich ließ diese alte Eingeborene (sie heißt Mooger und ist blind) von Mrs. Noble und Ernest als Dolmetscher befragen. Sie gab an, die Männer, deren Namen wir haben, seien von der Küste gekommen, hätten sich Tabak geholt und ihr – nur ihr allein – erzählt, dass sie das Wasserflugzeug bei der Landung beobachtet hätten. Sie gehen um Tabak bitten. Weißer Mann gibt keinen.

Später, sie wusste nicht wann und auch nicht, ob in der Nähe des Flugzeugs, beobachteten diese Schwarzen, wie weiße Männer wilde Trauben essen am Meer und Bungeye und Yorgin schleichen hin, speeren sie mit steinerner Lanze, ziehen ihnen Kleider aus und Blut ist auf weißem Hemd. Nehmen Zigarettenetui und alles und lassen Männer liegen. Sie essen sie nicht und sie verscharren sie nicht. Sie nehmen Gewehr und Patronen von den Weißen. Weiter erzählt sie, der Schauplatz des Mordes, von dem die Männer erzählten, heiße Leega (Eingeborenensprache). Keiner der Schwarzen von der Küste habe Kleidungsstücke von den Weißen bei sich gehabt, aber sie sagten, der Rest ihres Lagers habe sie und warte bei der Drysdale Mission.

Ich ließ einige von den Boys herumhorchen, doch anscheinend ist die Alte die Einzige, die überhaupt etwas weiß. Ich fragte die Boys, wo Leega liegt, und zwei von ihnen – Ronald und ein anderer – meinen, es sei am Ufer des Oomerrill (Eingeborenenname für den Berkeley) auf der Seite von Wyndham. Nachdem ein Schwimmer der Maschine fehlt, meinen sie, die Vermissten könnten den Berkeley überquert haben.

Es scheint, dass „Bungeyes Haufen" diese Geschichte nur der Alten erzählt hat – natürlich besteht nur eine geringe Chance, dass sie die Wahrheit sagt.

Ich ließ noch einen Ochsen schlachten und einsalzen sowie die Polizei- und andere Pferde beschlagen, ebenso die meisten Maultiere. Mir war klar, dass es wenig Sinn hatte, eine Expedition wie die unsere mit meinen wenigen Tieren in Angriff zu nehmen: Die meisten von uns hätten laufen müssen und wir wären sehr langsam vorangekommen. Hier machte ich von meiner Entscheidungsfreiheit Gebrauch und lieh mir alle Maultiere und Pferde der Mission, die robust genug für den Marsch schienen.

Die Boys, die ich losgeschickt hatte, kamen zurück, ohne Eingeborene gefunden zu haben, die die Wasserstellen an

der Küste kannten. Auch ich hatte tagsüber keine weiteren Informationen erhalten. Ein Boy aus der Mission, er heißt Ronald, soll als Kind an der Küste gelebt haben. Ich verpflichtete ihn.
Mr. Johnson war am Abend noch nicht zurück. Ich beschloss, am nächsten Morgen aufzubrechen und die Boys mitzunehmen, die ich hier auftreiben konnte. An Johnson schrieb ich einen Brief mit der Bitte, mir jedwede Neuigkeit bezüglich der Vermissten, alle ortskundigen Boys und auch jede Nachricht von Noble nachzuschicken, da ich die Männer unter allen Umständen, tot oder lebendig, finden und bergen müsse. Für Sgt. Flinders schrieb ich einen Lagebericht. Während des Tages erhielt ich keine neuen Informationen.
Ich ließ die Lasten fertig machen."

Zum Abschluss des 6. Tages nochmals kurz an Bord der Barkasse, Sergeant Goad:
„20. Juni. Lichteten um 6 Uhr 30 bei Nieselregen Anker und liefen gegen sehr raue See und leichten Sturm zur Notlandebucht, die wir um 15 Uhr 30 erreichten. Gingen an Land, trockneten unsere Kleidung und lagerten."
Am Abend des sechsten Tages ist also die Barkasse wieder zur Notlandebucht zurückgefahren, Richtung Ost diesmal und damit wieder an Cape Bernier vorbei. Wieder Nieselregen und keine Sicht.
Damit beendet die Barkasse ihre Suchaktion, erfolglos. Die Männer an Bord haben ihr Leben eingesetzt, als sie mit dem seeuntüchtigen Hafenboot weite Strecken über die Timorsee fuhren.
Constable Goad soll noch kurz über den Schluss berichten:
„21. Juni. Zu hoher Seegang, um die Bucht verlassen zu können. Himmel bedeckt, Nieselregen. Captain Crane und P. C. Goad gingen an Land und untersuchten das Wasserflugzeug, da der Tidenhub in der vorausgegangenen Nacht

außergewöhnlich groß gewesen war. Das Flugzeug stand sicher und war seit unserem letzten Besuch sichtlich unberührt geblieben."

„22. Juni. Verließen die Notlandebucht um 6 Uhr und erreichten, nachdem wir den ganzen Tag schwere See und leichten Sturm gehabt hatten, kurz nach Sonnenuntergang La Crosse Island. Wir fuhren die ganze Nacht durch und erreichten Wyndham um 6 Uhr früh am 23. Juni."

Gez. V. R. Goad
P. C. 1613

Somit kein Flugzeug mehr, keine Barkasse mehr – da ist jetzt nur noch Marshall.

Der 7. Tag

Der siebte und damit letzte Tag, den wir auf der „anderen Seite" bei den Suchaktionen bleiben wollten, beginnt mit einer Überraschung. Hier Marshall:

„Dienstag, 21. Juni.

7 Uhr – ich hatte eben aufpacken lassen und war im Begriff, die Mission mit allen Boys, die ich zusammenbringen konnte, zu verlassen, als Johnson hereingeritten kam. Er sagte, dass ihm neun Eingeborene an der Kette unter Aufsicht von Boys der Mission folgten. Johnson war ziemlich sicher, alle Eingeborenen festgenommen zu haben, die an der Tötung der Flieger beteiligt gewesen seien, mit Ausnahme eines Boys namens Dangan, der aus einem Lager am Tyne stamme. Er wollte auch diesen noch suchen lassen, jedoch riet ich ihm dies vorerst aufzuschieben, da wir alle Eingeborenen für die Suche nach den Vermissten oder ihren Leichen bräuchten. Wir hatten ja noch keine Sicherheit, dass sie wirklich ermordet worden waren.

Johnson sagte mir, ich könne so viele Boys von ihm nehmen, wie ich wolle, auch Pferde und Maultiere.

Um 15 Uhr erhielt ich folgenden Funkspruch von Sgt. Flin-

ders: „Nachricht am Flugzeug die Deutschen verließen die Maschine in einem Schwimmer als Boot etwa am 27. Mai und fuhren in nordwestlicher Richtung.“

Die neun Schwarzen an der Kette und ihre Bewachung kamen ebenfalls um 15 Uhr hier an. Ich ließ Mrs. Noble, Gerard und mehrere andere Boys für etwa eine Stunde mit ihnen allein. Alles, was meine Dolmetscher aus ihnen herausbekamen, war, dass drei andere Eingeborene die Weißen getötet hätten. Da die neun alle aus dem Gebiet der Notlandebucht stammen und vier von ihnen mit jenen identisch sind, deren Namen mir Sgt. Flinders für eine spätere Verhaftung in Zusammenhang mit den vermissten Fliegern gegeben hatte, beschloss ich sie gefangen zu halten und mitzunehmen. Sie konnten mir im Küstengebiet von Nutzen sein und würden auf dem Marsch vielleicht einigen Boys erzählen, was sie wirklich über die Vermissten wussten.

Johnson stimmte mir zu. Er sagte: „Später werden sie reden.“

Ich war nun bereit die Mission am nächsten Morgen zu verlassen. Der Missionar Harry Smith legte großen Wert darauf mich zu begleiten, er ist gut zu gebrauchen. Ich fragte Johnson, ob er ihn mit mir gehen lassen würde, und Johnson willigte ein. Mein Gedanke war, dass die Teilnahme von Smith alle eventuellen Gerüchte von vornherein unglaubwürdig machen würde, die die Schwarzen später über das Vorgehen der Polizeistreife in Umlauf bringen mochten.

Unser Suchtrupp besteht aus mir selbst (verantwortlich), Harry Smith, Thomas Ronan, Frederick und Edgar (Mischlinge), den Spurensuchern Gerard und Eric, sechs Boys von der Mission als Sucher und Meldeläufer und neun Mann an der Kette. Superintendent Johnson war erleichtert, dass ich diese Gefangenen mitnahm. An Tieren habe ich 14 Maultiere und sieben Pferde. Die Lebensmittelvorräte müssen für alle 22 Teilnehmer sechs Wochen ausreichen. Darüber hinaus habe ich leichte Kost, Arznei, Milch und eine halbe

Gallone Alkohol bei mir für den Fall, dass wir die Vermissten lebend finden.
Unsere Tagesetappen werden lang sein, ohne Mittagspause. Wir marschieren rasch, so rasch als möglich, durch ein, gelinde gesagt, niederträchtiges Gelände."
W. G. C. Marshall
Const. 1557

Zu dem Treck durch die Kimberleys, zu dem Constable Marshall morgen bei Tagesanbruch mit seinen Begleitern – darunter neun angekettete Aborigines – aufbrechen wird, noch ein kurzer Auszug aus der *West Australian*:
... Mr. J. F. Flinders und Mr. O. Hiddons, zwei erfahrene Bushmen, sagen, dass der Weg zur Nordwestküste nahezu unpassierbar sei mit Schluchten, Felsen, Busch, messerscharfem Gras und faulen Wassertümpeln, verseucht mit Krokodilen. So sind hier die Kimberleys und es ist nur zu hoffen, dass die beiden deutschen Piloten da nicht hineingegangen sind. An der Küste war ihre einzige Chance.

Die sieben Tage auf der „anderen Seite" sind zu Ende, am Abend des achtunddreißigsten Tages nach der Notlandung. Was ist mit Bertram und Klausmann, die wir vor sieben Tagen verlassen haben? Was ist am Cape Bernier?

Eine Höhle am Cape Bernier

Seit dem 32. Tag, mittags, Regen, Nieselregen, Tag und Nacht. Das also ist die Regenzeit, der australische Winter. Zu Hause beginnt jetzt, Mitte Juni, der Sommer, hier, auf der südlichen Seite der Erde, beginnt der Winter. Schnee wird es in Nordaustralien wohl nicht geben, dazu sind wir zu nah am Äquator, aber pausenlos Regen. Und dazu der kalte Seewind, eisig kalt.

Alles ist nass, überall nur Wasser, wo es vorher kein Wasser gab, wo wir es in einem zusammengebundenen Regenmantel mitschleppen mussten, als wir durch den Busch krochen, quer durch die Insel Melville, wie wir glaubten, und wieder zurück zur Küste, als wir wussten, wo wir in Wirklichkeit waren. Dann haben wir das Trinkwasser in die letzte dichte Kammer unseres Schwimmers gefüllt, den wir zersägten, um noch eine Nussschale zu haben, mit der wir entlang der Nordwestküste Australiens fahren wollten. Wir sind nicht weit gekommen und jetzt liegt das zerrissene Blech des Schwimmers drüben zwischen den Felsen, wird von den Wellen hin- und hergeworfen, ist immer höher auf den Strand geklettert, getragen, vom Hochwasser, als es zwischendurch den Sturm gab.

Die Kammer, in der das Trinkwasser war, ist längst leck geschlagen, das Trinkwasser mit Meerwasser vermischt, also ungenießbar.

Warum eigentlich kann man Meerwasser nicht trinken? Wie war das, als wir am Anfang sieben Tage ohne Wasser waren und lernen mussten, was Durst heißt, warum kamen wir damals nicht auf den Gedanken, Meerwasser zu trinken? Merkwürdig, aber es ist tatsächlich so, dass man keinen Augenblick daran gedacht hat, weil man wohl wusste, dass mit dem salzigen Meerwasser das Ende gekommen wäre. Deshalb also verdursten Schiffbrüchige auf ihrem Floß, wenn sie kein Trinkwasser haben, während sie auf einem Meer von Salzwasser schwimmen.

Als wir, nach Wasser lechzend, an der Küste zum Flugzeug zurücktaumelten, um zum schmutzigen, öligen Kühlwasser, zu diesem herrlichen Trinkwasser, zu kommen, haben wir mit keinem Gedanken daran gedacht, das Wasser zu versuchen, das neben uns mit jeder Welle bis vor unsere Füße kam. Nicht einmal zur Abkühlung des heißen Körpers wollten wir ins Meerwasser, wir hatten einfach Angst vor dem Salz!

Gedanken um Wasser brauchen wir uns jetzt nicht mehr zu machen – wir sind umgeben von Süßwasser, glitzernden kleinen Tümpeln in Felslöchern. Verdursten werden wir also nicht, das ist gut so und ein Trost. Die Vorstellung, dass das Ende auch ein Verdursten hätte sein können, erschreckt uns immer wieder. Dass wir *die* Angst nicht mehr haben brauchen, dafür sind wir dankbar.

Wir brauchen in diesen Tagen nicht viel, um dankbar zu sein, und das ist wohl der Gegensatz zum Überfluss. Was will man eigentlich noch, wenn man im Überfluss lebt? Wofür soll man noch dankbar sein? Da gibt es nur noch die Müdigkeit des Sattseins, die Wunschlosigkeit, die Langeweile, die so groß werden kann, dass das ganze Leben langweilig und unwichtig wird, zum Wegwerfen.

Gedanken um Gedanken. Ich habe jetzt Zeit zum Denken, was anderes kann ich nicht mehr tun. Zum Kämpfen haben wir keine Kraft mehr, seitdem wir am Cape Bernier liegen und nicht mehr weiterkönnen.

Da flog das Flugzeug vorüber, da war die Zahnoperation, dann kam das Warten. Und der Regen. Aber es kam keine Infektion nach der rostigen Zange, kein Fieber. Nur die Schwäche wurde größer, bei uns beiden, auch bei Klausmann.

Nur einmal konnte er bei Ebbe zwischen den überspülten Felsen nach Muscheln suchen, dann nicht mehr.

Wir konnten uns nur einen möglichst großen Fels suchen, konnten uns aneinander schmiegen. Wir konnten aber kein Feuer machen, weil das Holz, das zwischen den Felsen angeschwemmt war, zu nass war, so wie wir selbst. Wir versuchten zwischen den großen Felsbrocken hindurchzukriechen oder darüber hinweg, weil es hinter der Steilküste vielleicht einen Unterschlupf gab. Aber wir kamen nicht weiter, die ersten drei Tage nicht. Und der Nieselregen hörte nicht auf.

Wie ist es nur möglich, dass wir nicht krank werden? Nach

fünfunddreißig Tagen jetzt ohne Nahrung muss der Körper doch widerstandslos sein. Aber kein Fieber, nichts. Nur die Zahnschmerzen kamen nochmals wieder, dafür hatten wir die umgebogene Nadel, die wurde nochmals im Zahn herumgedreht und der Eiter kam heraus. Danach gab es keine Schmerzen mehr.

An diesem fünfunddreißigsten Tag rauchen wir unsere letzte Pfeife. Bei der Notlandung waren zwölf Zigarren, 50 Zigaretten und ein Päckchen Tabak an Bord. Der Vorrat wurde für vierzehn Tage rationiert. Aus den vierzehn Tagen wurden fünfunddreißig. Die Rationen wurden immer kleiner, zum Schluss blieb nur noch ein Rest Tabak, unser größtes Vermögen. Während der Regentage erlaubten wir uns am Abend eine Pfeife gemeinsam und hatten für Minuten die Vorstellung von Wärme. Als schließlich der letzte Krümel Tabak verbrannt war, legte Klausmann die Pfeife zu unserem verrosteten Werkzeug.

Der sechsunddreißigste Tag ist wieder ein Sonntag. Vor fünf Wochen gab es einen Start in Kupang – da war unser Flugzeug noch heil. Vor drei Wochen, wieder an einem Sonntag, fuhren wir mit einem Teil unseres Flugzeugs aus der Notlandebucht hinaus auf die Timorsee – der Rest des Schwimmers ist das Blech drüben am Strand.
Wie lange liegt das alles zurück? Haben wir wirklich alles versucht uns zu helfen? Vielleicht könnten wir noch einmal ein paar Meter vorankommen, weg von der nassen Welt, in der wir hier liegen.
Und so brechen wir an diesem sechsten Sonntag noch ein letztes Mal auf, nehmen nur ganz wenig mit, vor allem das Feuerzeug – unseren Magnet und die kleine Flasche mit Benzin und Watte.
Wir kriechen los, denn mehr als kriechen können wir nicht. Auch nicht mehr weit, vielleicht hundert Meter nur entlang

der Küste, durch Steingeröll, um einen Felsvorsprung herum – und vor uns liegt eine Höhle!
Wir haben unsere Höhle am Cape Bernier gefunden.

Hier liegen wir nun, ruhig, weich, trocken – und glücklich, wenn man verstehen würde, dass ein Mensch auch am Ende glücklich sein kann. Ich werde versuchen von dem Wunder zu erzählen, das wir in dieser Höhle erleben durften.
Es ist ein großes Loch im Fels, mehrere Meter tief und breit, liegt hoch über dem Wasserspiegel, offen zum Meer hin. Die Decke über uns wölbt sich wie eine Kuppel. Ein Felsvorsprung schützt den Eingang, lässt keinen Regen herein. Achtzig oder hundert Meter vor uns ist Cape Bernier und die Brandungswellen an den Felsen drüben dröhnen wie Glockenschläge in unsere Höhle – wir sind in einer Kirche, in einem Dom. Hier können wir auf das Ende warten, hier ist es unbeschreiblich schön.
In den steinigen Mulden rings um die Höhle, so hoch gelegen, dass kein Meerwasser hineinschlägt, hat sich das Regenwasser gesammelt. Bis zum Überlaufen sind die Becken gefüllt und wie bei Wasserspielen fallen die Regentropfen in den Reichtum unseres Wassers. Auch wenn der Regen jetzt aufhören würde, ist um uns ein Wasservorrat für Wochen – das ist schön, wenn wir auch kein Trinkwasser mehr für Wochen brauchen.
In der Höhle ist Seetang angeschwemmt und Holz, irgendwann mal vom Hochwasser oder von einer Sturmflut. Wir können uns ein Lager zurechtmachen, ein Feuer, unsere Kleider trocknen, wir können alles, was wir in vielen Tagen nicht konnten.
Hier liegen wir also, brauchen nichts mehr zu tun, nur ein Stück Holz nachlegen von Zeit zu Zeit. Wir können uns ausruhen, warten – und denken.
Wie vieles gibt es zu denken, wenn man warten muss, über ein ganzes Leben kann man nachdenken. Einen Spiegel

kann man sich vorhalten und versuchen sich selbst zu sehen – und zu erkennen, was man falsch gemacht hat.
So frage ich mich nach sechsunddreißig Tagen an der australischen Nordwestküste, was ich falsch gemacht habe in dieser Zeit, sodass ich jetzt hier liegen muss.
Alles habe ich falsch gemacht, von Anfang an!
Warum bin ich zu einem Nachtflug über die Timorsee gestartet?
Hatte das eine Bedeutung für meine Aufgabe? Nein – es war meine Eitelkeit, es sollte etwas Besonderes sein, mit dem ersten deutschen Wasserflugzeug an einem Sonntagmorgen in Australien zu landen, vielleicht gab das ein wenig mehr Presse.
Der Sturm in der Nacht hat mich dafür belohnt.
Weiter. War etwas falsch nach der Landung? Natürlich! Schon am frühen Morgen nach der Notlandung kam ein Mensch an Bord meines Flugzeuges – und ich habe ihn weggejagt, weil er Fliegen mitbrachte. Mit dem Dünkel meiner Zivilisation habe ich das Leben von mir gewiesen, das ich dann so verzweifelt wiederfinden wollte und auf das ich jetzt warte – nach menschlichem Ermessen vergebens, weil der Körper nicht mehr lange warten kann, wenn man ihn so schlecht behandelt und ihm keine Nahrung gibt.
Noch mehr Fehler? Ja – den größten, als ich meine *Atlantis* verlassen habe! Warum sind wir nicht bei der Maschine geblieben? Warum haben wir nicht Holz und trockenes Gras gesammelt, um ein riesengroßes Rauchsignal geben zu können, wenn doch mal etwas gekommen wäre, ein Schiff draußen oder ein Flugzeug drüber. Beide sind ja auch gekommen, das Schiff und das Flugzeug. Eine große Rauchsäule wäre nicht übersehen worden, vom Schiff nicht und vom Flugzeug nicht. Nein, mein Fehler war, dass ich damals noch nicht warten wollte oder nicht konnte, weil ich noch zu kräftig war und weil ich glaubte uns auch hier herausholen zu können mit meinem Willen.

Ich spreche in meinen Gedanken nur von mir und von meinen Fehlern, weil *ich* allein die Schuld habe, da es meine „Expedition“ ist, meine Verantwortung. Mein guter Klausmann war ein guter Kamerad, die Verantwortung aber kann nur einer haben, mag es die Verantwortung für hundert sein oder für zwei. Deshalb nehme ich alles auf mich.

Vielleicht aber hat mich die Verantwortung auch stärker gemacht. Klausmanns Körper ist ebenso jung und kräftig wie meiner, seine Nerven aber sind nicht so stark, meine sind stärker und müssen auch stark bleiben, so hoffe ich.

Schluss jetzt mit den Selbstvorwürfen. Ich kann mir auch sagen, dass ich immer das Beste wollte und dass man hinterher mehr weiß als vorher – wie wohl immer im Leben.

Cape Bernier, am siebenunddreißigsten und achtunddreißigsten Tag.

Alles ist unverändert – Regen und Warten. Wie lange noch? Gibt es keine Sonne mehr? Die Welt um uns wird immer dunkler, je länger es dauert, und das Flimmern ist schon vor den Augen, wenn man sich zu hastig vorbeugt, um ein Stück Holz zu nehmen.

Die paar Meter zur nächsten Wasserpfütze werden zur Qual. Sprechen wir eigentlich miteinander? Und wenn, was haben wir uns noch zu sagen? Vormachen kann keiner dem anderen etwas, denn wie es um uns steht, das wissen wir, wenn wir uns verstohlen und prüfend betrachten: Da liegt ein Mensch, der verhungert, mit kurzem Atem und unsicher suchendem Blick.

Nur eines lebt wirklich in unserer Höhle – das Feuer!

In der kleinen Flamme zwischen uns flackert das eigene Leben, bis in die Kindheit zurück, wenn man will, in die Heimat, in die Geborgenheit des Elternhauses, in alle Schönheiten vergangener Tage, die so voll Abenteuer waren beim Flug um die halbe Welt.

Das Feuer zwischen uns ersetzt die Sonne, die wohl nicht

mehr zu uns kommen wird, wenn der Regen nicht bald aufhört. Unser letztes gemeinsames Interesse gilt dem Feuer. Das darf nicht verlöschen, die Flamme darf aber auch nicht zu groß sein, um nicht zu viel Holz zu verzehren.
Mit dem Holz sind wir sparsam, denn da ist plötzlich ein gemeinsamer Gedanke. Das Feuer ist unser eigenes Leben – so lange die Flamme lebt, so lange wollen auch wir leben. Wir werden das Holz in der Höhle sorgfältig zusammentragen, es rechts und links neben uns stapeln, um es Stück um Stück zu verbrennen. Nicht zu viel auf einmal, nur verlöschen darf die Flamme nicht, also dürfen wir nicht schlafen. Die Flamme soll uns vom Leben erzählen und wir werden warten, solange die Flamme brennt.
Es ist unser letztes Ziel.

Am neununddreißigsten Tag scheint die Sonne.
In der Nacht schon hatte es aufgehört zu regnen, ein erster Stern hatte es uns verraten. Danach kamen die anderen, die Wolken wischten weg, und der Sternenhimmel, die Unendlichkeit, war wieder über uns, so wie damals in der Nacht auf der Timorsee, als der Glaube kam.
Am Ende der Nacht dann der erwachende Tag, das werdende Licht. Im Anfang ist es mehr ein Ahnen, dass aus dem Meer weit im Osten ein erster blauer Schimmer heraufsteigt, ein Schleier von Licht. Als jetzt rote Finger wie Blitze heraufschießen, beginnt das Meer vor uns silbern zu werden. Und als die Sonne selbst, der unbeschreiblich schöne feurige Ball, über das Wasser rollt, ist es so, als ob wir mit unserer Höhle der Sonne entgegen zur Tagesseite der Erde rollen, gelöst von Erdenschwere, schwebend im All.
Es ist so schön. Ich erlebe am Morgen dieses Tages, der vielleicht mein letzter sein wird, noch einmal die Stunde, die für mich immer die schönste war.
Das war in meinem jungen Fliegerleben immer die Stunde, in der ich die Welt eroberte, wenn ich am Ende der Nacht

den Motor meines Wasserflugzeugs anwarf, den Anker hochzog, um frei zu sein, dann Vollgas gab, über das noch dunkle Wasser rollte, immer schneller, schließlich schnell genug, um das Flugzeug in den Himmel steigen zu lassen.

Meine Stunde! Wenn ich jetzt Richtung Ost flog, so war ich der Eroberer des neuen Tages, der vor mir aus dem Meer heraufstieg – so wie heute, wo ich gefesselt in einer Höhle an der Nordwestküste Australiens liege …

Es könnte ein Augenblick der Verzweiflung sein, weiß ich plötzlich. Aber das ist nicht so. Da ist keine Erregung in der Erinnerung, nur die Dankbarkeit für das Licht der Sonne.

*

Beim Morgengrauen an diesem neununddreißigsten Tag ist Constable Marshall in Forrest River Mission mit seinem Treck aufgebrochen.

Marshall hat einen Plan:

„Wir werden Richtung Notlandebucht marschieren, so nah an die Küste, wie es möglich ist, die Pferde heranzuführen. Meine Absicht ist, die Tragtiere unter Aufsicht von Ronan, zwei Mischlingen und zwei eingeborenen Boys dann lagern zu lassen, während Smith, ich selbst und der Rest der Gruppe mit der Suche beginnen. Wir wollen erst den Küstenstrich zum Flugzeug und zurück absuchen, dann, wenn erfolglos, etwa 30 Meilen entlang der Küste in entgegengesetzter Richtung. Danach soll das Lager verlegt und die Suche in Richtung Drysdale nach demselben Muster fortgesetzt werden.

Wer das Gelände nicht kennt, wird meine Suchmethode wahrscheinlich sehr umständlich finden. An der Küste gibt es Hunderte von Höhlen, Vertiefungen und andere Stellen, wo die Vermissten tot liegen können und wo nur die gründlichste Suche sie finden wird. Eine solche gründliche Suchaktion will ich durchführen.“

Der Plan des erfahrenen Bushman ist ohne Zweifel gut. Er wird also auch eines Tages zur Höhle am Cape Bernier kommen. Es ist das nur eine Frage der Zeit.

*

Dieser neununddreißigste Tag ist wunderschön.
Die Sonne steht an einem wolkenlosen Himmel und die Sonnenstrahlen spielen mit den Schaumköpfen der Wellen, wenn sie überfallen und weiß aufleuchten. Daran erkannte man die Windrichtung, erinnere ich mich, wenn man die Schaumköpfe sah.
Unsere Höhle ist zur Sonne und zum Meer hin offen. Wir werden die Sonne den ganzen Tag hindurch sehen. Wir werden auch wissen, wie lange es noch dauert, bis die Sonne wieder ins Meer versinkt. Wir sind ja erfahrene Flieger, kennen die Daumenpeilung – der Wind kommt von da, wo der angefeuchtete Daumen kalt wird –, und wir haben auch die Möglichkeit die Tageszeit zu wissen, ohne eine Uhr zu besitzen. Die Breite einer Hand ist bei ausgestrecktem Arm eine Stunde – also den Arm ausstrecken, die Hand anwinkeln, Finger aneinander, Daumen auflegen, die Unterkante der Hand an den Horizont halten. Fertig. Die Breite der Hand ist jetzt eine Stunde und die Anzahl der Hände bis zur Unterkante der Sonne ergibt die Uhrzeit.
Wir haben diese Weisheit aus der Erfahrung unserer Flüge. Wenn wir Richtung Ost flogen, also der Sonne entgegen, so verkürzten wir die Zeit bis zum Sonnenuntergang. Da mussten wir aufpassen, dass wir uns nicht von unserer Uhr am Armgelenk verleiten ließen zu lange in der Luft zu bleiben. Die Breite der Hand zwischen Horizont und Sonne zeigte uns an, wann es Zeit wurde, eine Bucht zur Landung zu suchen, um keine Nachtlandung machen zu müssen. Einmal habe ich es vergessen, ganz im Anfang. Damals flog ich von Belgrad nach Stambul, also Richtung Ost. Nach der Uhrzeit

wollte ich vor Sonnenuntergang landen. Da ich das mit der Hand noch nicht wusste und mich auf die Uhr verlassen hatte, verschwand die Sonne vor der errechneten Zeit und ich musste eine Nachtlandung auf dem Bosporus machen. Später ist mir das nie wieder passiert, ich hatte gelernt.

So werden wir auch heute wissen, wann die Sonne untergeht.

In unserer Höhle haben wir noch eine zweite Zeitrechnung: unser Holz!

Wir haben nur noch ganz wenig, am Abend oder in der Nacht wird es zu Ende sein, wird die kleine flackernde Flamme zwischen uns erlöschen.

Wir lassen das Feuer auch während des Tages brennen, nicht zum Erwärmen, denn das tun heute die Sonnenstrahlen, nein, wir halten zu unserem Wort: Wir werden warten, solange das Feuer brennt …

Wir sind sehr müde.

Wie lange warten wir jetzt schon? Ich kann es noch zusammenrechnen: Am Morgen des dreißigsten Tages kamen wir zum Cape Bernier, das war vor neun Tagen. Und drei Tage liegen wir jetzt schon in der Höhle, seit drei Tagen starren wir ins Feuer und bleiben wach, um keinen Augenblick zu versäumen, den die Flamme vom Leben erzählt.

Haben wir nicht doch zwischendurch geschlafen? Oder ist alles vielleicht schon ein halber Schlaf? Mit klaren Gedanken zwischendurch, ganz klar, das weiß ich, wenn ich mich frage.

Ich frage mich auch immer wieder, ob ich das, was auf uns zukommt, klar erkenne, ob ich weiß, dass es zu Ende geht, vielleicht in Stunden schon. Bin ich mir darüber klar? Ja, ich weiß, dass ich mich nicht mehr dagegen aufbäumen kann. Und das *Wissen* um das Ende gibt mir die Ruhe es zu empfangen.

Da ist kein innerer Widerstand mehr – da ist nur noch

Bereitschaft. Den Gedanken an Rettung habe ich aufgegeben. Die Karte Australiens habe ich weit weggelegt. Was sagt mir noch der Name Wyndham?

Nein, ich bin müde, ich liege in der Sonne, die mich erwärmt, ich habe die Flamme neben mir und auf der anderen Seite der Flamme meinen Kameraden. Auch er liegt ganz ruhig.

Von der Küste herüber donnern unentwegt die Brandungswellen, beim Widerhall in unserer Höhle ist es wie Dröhnen von Glocken. Meine Augen sind geblendet vom grellen Licht der Sonne, die langsam und stetig über das Meer zieht, von Ost nach West, wo sie untergehen wird.

Morgen wird sie wieder aufgehen, denke ich, und auch wieder untergehen, immer wieder wird ein Tag beginnen und enden. Alles geht weiter, alles bewegt sich, es gibt keinen Stillstand im Leben, immer wieder ein Werden und Vergehen – damit müssen wir Menschen uns abfinden, müssen wir im Leben bestehen, so folgern meine Gedanken, die sich selbstständig machen – und es wäre schwer, gäbe es nicht den Glauben …

Noch eine Handbreit Sonne für uns. Noch ganz wenig Holz. Wenn die Sonne untergegangen ist, wird auch das Holz zu Ende sein. Dann wollen wir es genug sein lassen, wollen wir schlafen.

Die Sonne geht unter, hinter ihr verblasst der Himmel und ganz weit dahinter das Bild der Heimat.

Ein paar Mal noch flackert das Feuer, dann verlöscht es.

Klausmann schläft schon, er hatte vorher gebetet, das habe ich gehört. Als auch ich mein Gebet gesprochen habe, habe ich mich auf die Seite gelegt, um endlich zu schlafen.

Vielleicht hörte ich noch das Dröhnen der Brandung, dann war nichts mehr.

...und schenkt uns einen Fisch

Wer ruft mich?

Von ganz weit her kommt ein Weinen, dann das Dröhnen der Brandung.

Ich bin wieder wach. Mein Kamerad hat mich nicht schlafen lassen, er weint und ruft mich. Ich bewege mich nicht, halte auch die Augen geschlossen, ich fürchte mich.

Warum muss ich ins Leben zurück, aus dem ich so ruhig gegangen war? Ich spüre, dass ich jetzt nicht mehr ruhig bleiben werde, spüre, dass sich meine Gedanken nicht mehr zufrieden geben mit dem Ende.

Warum müssen wir hier liegen, in einer Höhle? Warum müssen wir nur darauf warten, dass das Herz zu schlagen aufhört? Warum haben wir keine Kraft mehr? Wir sind doch noch so jung, wir können noch denken – warum finden wir nicht den Weg zurück ins Leben?

Ganz fest verkrampfe ich meine Hände in das Halstuch, das ich trage, dann öffne ich die Augen und suche das Leben.

Das Feuer zwischen uns ist erloschen, darin ist kein Leben mehr. Aber in der Sonne, die eben aus dem Meer steigt, wird wieder Leben sein.

Ich wende mich der Sonne zu. Ihre goldenen Strahlen spielen auf dem glitzernden Wasser. In Feuer getaucht ragen die Felsen von Cape Bernier.

Und mitten in diesem Feuer steht ein Mensch.

*

Ein Mensch steht auf dem Fels des Cape Bernier, eine schwarze Silhouette gegen das grelle Sonnenlicht. Das Leben steht da drüben und ich brauche nur zu rufen, um es zu uns zu holen.

Aber ich kann nicht rufen, bin erstarrt, kann nur denken und weiß, dass der Schwarze im nächsten Augenblick wieder

verschwunden sein wird, denn in der Höhle hier kann er uns nicht sehen.
Ich sehe das Leben und kann es nicht halten. Nur hinstarren kann ich und meinen Oberkörper aufrichten, meinen Arm kann ich ausstrecken und mit dem Finger hindeuten.
Das sieht Klausmann. Auch er richtet sich auf, auch er sieht jetzt zum Cape – und dann schreit er, so entsetzlich laut und schrill, dass es die ganze Welt hören müsste. Klausmann konnte schreien, weil er geweint hatte, seine Stimme war frei, er konnte das Leben herbeirufen.
Auch die Silhouette am Cape Bernier hört den Schrei. Der Schwarze fährt herum, hält eine Hand über die Augen, dann springt er los, mit weiten Sätzen von Stein zu Stein – wie eine Gazelle, muss ich denken –, die letzten Meter zur Höhle.
Am Eingang unserer Höhle steht ein Australneger. Einen Augenblick steht er regungslos und sieht uns an. Dann kommt er langsam näher und hebt eine Hand.
In der Hand hat der Schwarze einen Fisch. Er schenkt uns den Fisch – schenkt uns das Leben.

Constable Marshall

Constable Marshall sieht die Rauchsignale am Cape Bernier am Abend des sechsten Tages, den er mit seinem Treck unterwegs ist, „durch dieses, gelinde gesagt, niederträchtige Gelände", wie er sich in seinem Bericht ausdrückt. In sechs Tagen sind 22 Mann – davon neun an der Kette – und die 21 Maultiere und Pferde von Forrest River quer durch die Kimberleys gezogen und lagern an diesem Abend etwa 16 Meilen vor der Notlandebucht, weil die Tiere nicht mehr weiterkönnen. Das Gelände ist für sie jetzt unpassierbar.
Constable Marshall über die beiden letzten Tage:

Sonntag, 26. Juni.

Wir nähern uns der Küste. Das Gelände wird hier extrem schwierig. Ronald, der Boy von der Mission, und mehrere der Gefangenen meinen, dass Pferde nicht näher an die Küste herankommen können. Soweit ich von ihnen erfahren kann, sind wir noch 30 Meilen vom Meer entfernt. Die Eingeborenen sagen, dass wir mit den Pferden näher an die Küste kommen und auch Süßwasser finden, wenn wir noch „zweimal Schlaf und ein Stück", also etwas über zwei Tagesmärsche, im Inland bleiben. Ich fragte, ob es von dort weit zur Notlandebucht wäre. Sie antworteten, durch Dolmetscher, „wenn Aufbruch am Morgen, abends beim Flugzeug, schnell gehen, aber ohne Pferd". Da das Gelände schon sehr schwierig war, beschloss ich den Schwarzen zu diesem Lagerplatz zu folgen.

Wir brachen um 6 Uhr auf und waren bis 16 Uhr unterwegs, dann Lager. Wir kamen den ganzen Tag über nur mühsam vorwärts und mussten die Maultiere mehrmals abpacken, um sie wieder auf die Beine zu kriegen. Die Pferde schone ich, so gut es geht, aber auch sie haben eine schwere Zeit und verlieren fast täglich ein Eisen.

Die Spurensucher erfuhren von den Gefangenen nichts Neues. Sahen weder Buschmänner noch Rauchzeichen.

Montag, 27. Juni.

Um 5.30 Uhr brachen wir zur Küste auf, um 14 Uhr konnten wir unsere Tiere nicht mehr weiterbringen, waren aber bereits nahe am Meer. Ich beschloss lagern und die Pferde ausruhen zu lassen, da das Futter hier das annehmbarste war, das wir bisher gefunden hatten. Während Ronan die Ausrüstung für den folgenden Tag zusammenstellte, suchten Smith, einige Eingeborene und ich die Küste in der unmittelbaren Umgebung des Lagers ab. Weiter unten in Richtung von Cape Bernier sahen wir ein großes Buschfeuer aufflammen. Wir beobachteten das Feuer etwa eine Stunde lang. Die Spurensucher meinten, es müsse von jagenden

Buschmännern stammen. Ich beschloss am kommenden Morgen direkt zu diesem Feuer zu marschieren. Ich hoffte dort Eingeborene anzutreffen, die uns nützlich sein konnten. Mit der Dunkelheit kehrten wir zum Lager zurück, wo wir zwei Eingeborene aus Drysdale vorfanden, die gerade von der Mission eingetroffen waren. Sie hatten einen Brief für Sgt. Flinders und einen für Mr. Johnson von Forrest River. Der Brief für den Sergeant musste eine Nachricht über die vermissten Flieger enthalten. Ich öffnete und las, dass die Vermissten von Boys aus Drysdale vor fünf Tagen nahe Cape Bernier gefunden worden waren. Das Feuer, dessen Rauch ich am Nachmittag gesehen hatte, musste unmittelbar bei Cape Bernier gewesen sein.
Inzwischen war es völlig dunkel geworden und angesichts des schwierigen Geländes war ein sofortiger Aufbruch unmöglich. Ich stellte ein kleines Paket mit leichten Nahrungsmitteln usw. zusammen. Weder Smith, noch Ronan oder ich konnten ein Auge zutun. Um 23 Uhr ließen wir einige Maultiere satteln und eines bepacken. Wir nahmen eine kräftige Mahlzeit zu uns, und als kurz nach Mitternacht der Mond aufging, brachen Smith, ich und einige Eingeborene nach Cape Bernier auf.“

Soweit Marshall. Ich habe den Polizeibericht über die nun folgenden Tage erst Jahre später erhalten und muss gestehen, dass ich eine Gänsehaut bekam, als ich ihn las. Marshall berichtet von Tagen, von denen ich kaum noch was wusste, obwohl alles, wovon er schreibt, mit mir geschah oder sich vor meinen Augen abgespielt hatte. Es folgt das ausführliche Tagebuch von Constable Marshall, das ich wörtlich wiedergebe:

„Dienstag, 28. Juni.
Bei Mondaufgang um etwa 0.10 Uhr brachen wir zu den Feuern auf. Das Gelände war sehr schwierig und wir muss-

ten oft absteigen und zu Fuß gehen. Wir kamen nur langsam vorwärts. Dreimal vor Tagesanbruch mussten wir unser Tragtier abpacken und Sand auf die glatten Felsen streuen, damit es wieder auf die Beine kam. Als es gerade hell wurde, sahen wir in einiger Entfernung zwischen Zypressen den Rauch eines kleinen Feuers aufsteigen. Ich nahm an, dass es von Buschmännern stammte, aber nachdem wir uns vorsichtig angeschlichen hatten, um sie nicht zu verscheuchen, entdeckten wir sechs Boys von der Drysdale Mission und einen Buschmann. Es handelte sich um eine der Suchgruppen aus Drysdale. Sie hatten Lebensmittel und einen Brief bei sich, der sie auswies. Sie wussten noch nicht, dass die Vermissten gefunden worden waren, auch das Feuer vom Vortag hatten sie nicht bemerkt. Ich deutete in die Richtung, in der wir den Rauch gesehen hatten, und der Buschmann sagte „dort großer Bach". Ich versprach ihm Tabak, wenn „schneller Läufer" mich zu diesem Wasser führen würde. Er lief los und wir folgten. Mehrmals kam er uns so weit voraus, dass ich ihm nachrufen musste, er solle auf die Maultiere warten. Er führte uns durch unpassierbar scheinendes Gelände, bis wir um 8 Uhr morgens an ein größeres Gewässer kamen. Dort sagte er „kein Süßwasser mehr weite Strecke". Die Brandstellen, deren Rauch wir am Vortag gesehen hatten, lagen alle entlang dieses Flüsschens, einige schwelten noch. Ich entschied mich dem Bach bis zur Küste zu folgen, aber schon nach etwa einer halben Meile konnten wir die Maultiere nicht weiterbringen, sodass ich sie zurücklassen musste.

In diesem Augenblick sah ich eine kleine Feuerstelle am Rand eines Tümpels voller Seerosen. Ausgerissene Seerosen- und Weißbaumwurzeln lagen in der Nähe. Sofort rief ich allen Eingeborenen zu, die Gegend rasch nach Buschmännern abzusuchen. Sie fanden eine alte Schwarze, die sich im Wasser versteckt hatte. Sie sagte „weißer Mann lebt und Lager unten am Bach, nicht weit". Ich schickte einen Boy mit einer Nachricht für Captain Bertram voraus, dass die Rettung nahe sei und sie sich nicht von ihrem Standort entfernen sollten.

Dann brachen auch wir auf und ließen uns von der alten Eingeborenen zu den Weißen führen. Sie lagerten ungefähr fünf Meilen entfernt am Strand. Um 9.30 Uhr fanden wir sie.

Beide Männer saßen im Sand und sahen uns eher als wir sie. Sie riefen „hello, hello“, mit sehr schwacher Stimme. Gegenseitig halfen sie sich auf und versuchten uns entgegenzugehen, wobei sie sich aufeinander stützten. Sie standen gebeugt, waren völlig verschmutzt und in einem schockierenden Zustand. Sie waren so überwältigt vor Freude sich gerettet zu wissen und nach 45 Tagen wieder einen Weißen zu sehen, dass sie völlig zusammenbrachen. Es war ein bejammernswerter Anblick, ich werde ihn nie vergessen. Sie riefen „habt ihr Brot, Brot, Brot?“ Beide klammerten sie sich an Smith und mich und ließen uns erst los, als sie eine Packung Biskuits sahen.

Wir führten sie in den Schatten und gaben ihnen verdünnten Branntwein, Biskuit, Trockenmilch und andere leichte Nahrungsmittel. Sie berichteten, dass die Schwarzen sie vor fünf Tagen gefunden und seitdem mit Kängurufleisch ernährt hätten. Ich gab ihnen Medikamente. Sie wuschen sich und zogen frische Kleidung an. Wir baten sie sich ruhig hinzusetzen, aber beide waren viel zu aufgerüttelt, um zu ruhen.

Ich schickte zwei Boys zu Ronan zurück mit der Nachricht, dass wir bei den Vermissten waren und dass er versuchen solle, möglichst noch nachts mit seinen Maultieren zu dem Lager zu kommen, wo wir unsere zurückgelassen hatten. Im Lauf des Nachmittags gab mir Captain Bertram einen genauen Bericht der Ereignisse vom Start in Kupang bis jetzt. Ich schrieb diesen Bericht in zweifacher Ausfertigung nieder und verfasste einen Brief an Sgt. Flinders und Mr. Johnson von Forrest River. Ich schrieb, dass wir die beiden

Deutschen gefunden hatten, gab unsere Position (Cape Bernier) an und bat uns das Boot der Meatworks so rasch wie möglich zu schicken. Allerdings konnte ich die Läufer noch nicht losschicken, da sie alle einen sehr langen und anstrengenden Tag hinter sich hatten. Um 19 Uhr Nachricht von Ronan, er hatte meinen Lagerplatz nach einem anstrengenden Tagesmarsch erreicht. Die Packtiere hatten große Schwierigkeiten auf den rutschigen Steinen.

Mittwoch, 29. Juni.
Um 6 Uhr morgens schickte ich die Läufer mit den Briefen für Sgt. Flinders und dem Bericht von Captain Bertram nach Forrest River los. Ronan und die Eingeborenen brachten alle Vorräte zum Strand. Beide Deutschen essen gut, jedoch arbeitet Klausmanns Verdauung nicht richtig. Ich verabreichte ihm zwei Unzen Epsomer Bittersalz in einem halben Liter warmem Wasser, später noch eine Unze Brechweinstein und eine Unze Natrumbikarbonat ebenfalls in einem halben Liter warmem Wasser, jedoch ohne Wirkung (er hatte große Stücke halbrohes Kängurufleisch gegessen). Dann gab ich ihm noch drei Unzen Fruchtsalz, aber ebenfalls ohne Ergebnis. Schließlich nahm ich einen Riegel Kernseife, den ich als Einlauf benutzte. So bekam ich seine Verdauung wieder in Gang. Beide Geretteten waren sehr geschwächt und weinten die meiste Zeit, aber sie aßen weiche Nahrungsmittel und tranken viel Milch.
Nachmittags gestattete ich allen Eingeborenen zum Hauptlager zu gehen und eine Korrobori zu feiern. Die beiden Mischlinge kümmerten sich um die Packtiere, die ich am nächsten Tag nach Forrest River zurückschicken wollte. Der Abend verging ruhig und um 20 Uhr gingen die beiden Geretteten, Smith, Ronan und ich schlafen. Um 21 Uhr wurde ich von lautem Schreien und Rufen geweckt, das vom Bach, etwa 200 Yards entfernt, herkam. Ich weckte Ronan und Smith und lief zum Bach: Captain Bertram und Klaus-

mann wälzten sich kämpfend im Sand. Wir hielten Klausmann fest. Ich glaubte zunächst, er habe einen epileptischen Anfall. Dann sagte Bertram: „Klausmann redet wirr. Er glaubt, wir seien alle Teufel und wollten ihn töten." Er meinte, Klausmann habe den Verstand verloren.

Bertram selbst war ebenfalls in einer sehr schlechten Verfassung. Er hielt seinen Kopf zwischen beiden Händen und sagte immer wieder „mein Gott, verlass mich nicht, verlass mich nicht. Ich halte das nicht aus. Ich glaube, ich verliere den Verstand". Dies ging bis Mitternacht. Klausmann fantasierte und tobte abwechselnd.

Ronan und Smith hatten noch nie mit einem Geistesgestörten zu tun gehabt. Für beide war es eine schwierige Situation. Sie wurden jedoch gut damit fertig und leisteten jede denkbare Unterstützung.

Donnerstag, 30. Juni.

Während der ganzen Nacht redete Klausmann irre und schlug um sich, er musste die ganze Zeit festgehalten werden. Ich schickte Ronan ins Lager und ließ mir von den Eingeborenen Ketten bringen. Bertram musste von Klausmann getrennt werden, Smith nahm ihn zu einem Spaziergang mit. Als die Eingeborenen mit den Ketten kamen, ließ ich Klausmann an Knöcheln und Handgelenken fesseln. Er rannte mit dem Kopf gegen Felsen und versuchte sich mit einer Sicherheitsnadel im Gesicht zu verletzen, die er am Boden gefunden hatte. Da die Nadel stumpf war, richtete sie nicht viel Schaden an.

In aller Eile schrieb ich an Sgt. Flinders und informierte ihn, dass Klausmann den Verstand verloren habe und Bertram ebenfalls in einem kritischen Zustand sei, er solle das Boot so schnell wie irgend möglich schicken und eine Zwangsjacke mitgeben, sobald das Boot in Sicht käme, würde ich Rauchzeichen geben. An Johnson schrieb ich, er solle sein Möglichstes tun, den Brief sofort weiterzuschicken. Ich wählte die beiden besten Läufer aus, die ich hatte. Sie sagten, dass sie Forrest River in zwei Tagen erreichen können. Ich versprach ihnen ein neues Hemd und neue Shorts, wenn ihnen das gelänge, und schickte sie los. Ronan bat ich sich nach der besten Futterstelle für die Tiere umzusehen, da er bis zur Ankunft des Bootes bei mir bleiben und sich mit um die beiden Kranken kümmern müsse. Mit Captain Bertram hatte ich ein gutes Gespräch. Ich erklärte ihm unsere Lage und wie wichtig es für Klausmann und seine eigenen Leute sei, dass er jetzt gegen die Versuchung ankämpfe sich gehen zu lassen, wenn er sich zusammenreiße, könne er viel für Klausmann tun, auch nach der Ankunft in Wyndham. Bertram sagte, er würde kämpfen und sein Bestes versuchen. Er nahm ein nahrhaftes Frühstück zu sich und aß auch tagsüber gut, musste jedoch die ganze Zeit überwacht und beschäftigt werden.

Auch Klausmann aß gut, verfiel jedoch während des ganzen Tages immer wieder in Tobsuchtsanfälle. Es war immer einer von uns bei ihm.

Ich hatte Glück, dass letzte Nacht keiner der Eingeborenen im Lager war, als Klausmann den Verstand verlor. Hätten sie ihn gehört, ohne zu wissen, was los war, wären sie alle in den Busch geflüchtet. Als sie heute Morgen ins Lager kamen, erklärte ich ihnen, was vorgefallen war und sagte ihnen, dass sie keine Angst zu haben brauchten, da der Mann gefesselt sei und ihnen nichts tun könne.

Während des Tages erlaubte ich den Gefangenen und allen Eingeborenen, die wir nun nicht mehr brauchten, nach Forrest River zurückzukehren, und versorgte sie mit Lebensmitteln.Für Klausmann bauten wir eine Grashütte, in der Smith, Ronan und ich in zweistündigem Turnus bei ihm wachten. Ich selbst schlief auch neben ihm in der Hütte. Er war an den Beinen und an den Händen gefesselt. Bertram, der ja in der vorangegangenen Nacht nicht zur Ruhe gekommen war, schlief heute gut.

Freitag, 1. Juli.
Klausmann hatte während des größten Teils der Nacht wieder Anfälle, Bertram schlief recht gut. Beide frühstückten mit gutem Appetit. Ronan inspizierte die Pferde und meldet, dass alle Polizeipferde in leidlich gutem Zustand sind. Wunden und Verletzungen, die von den scharfen Felsen stammen, sind versorgt. Einer Stute von der Mission und einem seiner eigenen Pferde geht es sehr schlecht, wahrscheinlich haben sie bei Stürzen innere Verletzungen davongetragen. Die Tiere befinden sich jetzt auf einer brauchbaren Weide sechs Meilen von hier.
Der Tag verging ohne Probleme. Bertram isst „like a horse" und sieht besser aus, verlor jedoch fast die Nerven, als er Klausmann rufen hörte. Einer ist ständig bei Klausmann, Bertram wird beschäftigt und abgelenkt.

Samstag, 2. Juli.
Klausmann hatte eine sehr schlechte Nacht, Bertram schlief gut. Ich war die ganze Nacht in der Hütte bei dem Kranken. Ronan, Smith und ich wechseln uns gegenseitig bei Klausmann ab.

Sonntag, 3. Juli.
Klausmann nach wie vor in schlechtem Zustand und unter Überwachung, Bertram geht es viel besser. Mit den Eingeborenen, die nichts zu tun haben, brannte ich Schneisen in den Busch, um bei Ankunft des Bootes ein gezieltes Rauchzeichen geben zu können. Ein Feuer, das sich meilenweit in den Busch fressen kann, ist als Positionsangabe völlig nutzlos. Ich ließ vier Rechtecke von je fünf Morgen Größe isolieren, von denen jedes mindestens eine Stunde lang brennt und einen sehr dunklen Rauch gibt. Außerdem ließ ich mehrere große Haufen Gestrüpp im Lager zusammentragen, um unseren Standort genau anzeigen zu können, sobald das Boot näher kommt. Am Strand ließ ich weiße Steine zusam-

mensuchen, um Botschaften in den Sand schreiben zu können, falls das Flugzeug uns überfliegt.

Montag, 4. Juli.
Klausmann wurde die Nacht über bewacht wie üblich, er zeigt keine Anzeichen von Besserung. Bertram geht es gut. Tagsüber suchte ich mit den Eingeborenen hohe Aussichtspunkte an der Küste aus, von denen man nach dem Boot Ausschau halten konnte. Den Schwimmer, den die Geretteten als Boot benutzt und etwa drei Meilen von unserem Lager entfernt auf dem Strand zurückgelassen hatten, ließ ich mit Sand bedecken, da ich befürchtete, dass ein Suchflugzeug davon irregeführt werden und Zeit damit verschwenden könnte.
Nun war alles vorbereitet, um dem Boot oder einem Flugzeug Zeichen geben zu können.“

In der Nacht zu diesem 4. Juli hatten Marshalls Läufer Wyndham erreicht und die Nachricht „sie leben!“ ging in die Welt. Der Zeitunterschied zwischen Australien und Europa beträgt acht Stunden, sodass die Blitzmeldung den Sonnenlauf überholen und die Meldung bereits in den Morgenzeitungen des 4. Juli erscheinen konnte.
Ebenso erreichte ein Telegramm, das ich den Läufern mitgegeben hatte, in den frühen Morgenstunden die Stadt Remscheid.

„Sie leben!“

Stadtchronik

Bertrams Telegramm an die Eltern

Eingeborene retten Australien-Flieger

Auch Bordmonteur Klausmann geborgen

Remscheid, 4. Juli.
Heute Morgen 8.45 Uhr lief im Hause Bertram, in der kleinen Wirtschaft an der Nordstraße, das erste direkte Lebenszeichen des seit dem 15. Mai auf seinem Flug um die Erde vermissten Sohnes Hans ein.

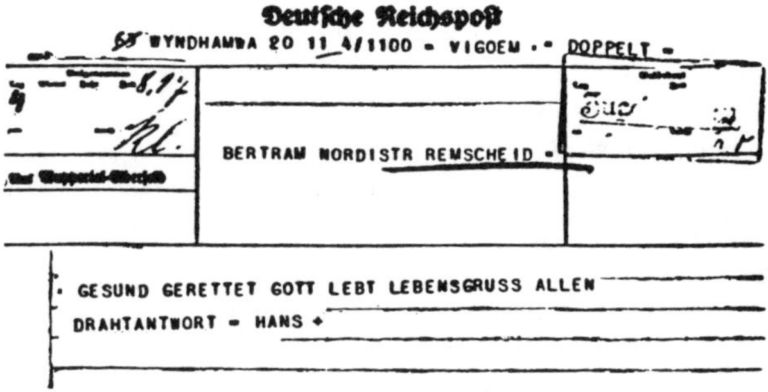
Deutsche Reichspost

WYNDHAMWA 20 11 4/1100 = VIGOEM .= DOPPELT =

BERTRAM NORDISTR REMSCHEID =

. GESUND GERETTET GOTT LEBT LEBENSGRUSS ALLEN
DRAHTANTWORT = HANS +

Nach langen, schweren Wochen, in denen die Zeitungen bald hoffnungsfroh von der mutmaßlichen Rettung, bald hoffnungslos von der Aussichtslosigkeit des Wiederauffindens des Fliegers Bertram und seines Begleiters Klausmann berichtet hatten, endlich das erste direkte Lebenszeichen!
Die Nachricht, dass die beiden Flieger lebend aufgefunden seien, sprach sich bald rund in Remscheid, und während des ganzen Tages stellten sich unzählige Freunde des Hauses ein, die den Eltern des Fliegers herzliche Glückwünsche darbrachten. „Drahtantwort!“, verlangte der Wiederaufgefundene und sie telegrafierten sofort zurück: „An den Weltflieger Bertram, Wyndham, Australien. Alle gesund, sind überglücklich. Gruß. Eltern, Geschwister, Fritz und die Lasperter Jungs.“
Aber am glücklichsten von allen war doch die Mutter des Fliegers, die den großen Globus vor sich stehen hatte, auf dem ihr Hans vor dem Start zum Flug um die Erde seinen

mutmaßlichen Weg durch einen aufgehefteten roten Faden gekennzeichnet hatte. Die Mutter hatte keinen Augenblick die Hoffnung aufgegeben, dass ihr Hans wiederkehren wird. Denn er trägt ja, seit er Flieger ist, stets das braune Halstuch, in das die Mutter den Segensspruch gestickt: „Gott schütze dich, mein Junge!“

Ganz Remscheid nimmt Anteil an der frohen Botschaft, die im Hause Bertram eingegangen ist. Der Oberbürgermeister hat angerufen und die „Lasperter Jungs“ können, ebenso wie die Eltern, den Tag nicht erwarten, wo der Hans lachend und strahlend nach Remscheid zurückkehren wird.

Berlin, 5. Juli. (Drahtb.)

Nach einer Meldung aus Sidney treten die geretteten Flieger Bertram und Klausmann heute mit einem Motorboot die Fahrt nach Wyndham an. Beide befinden sich den Umständen nach wohl, sind aber durch die furchtbaren Strapazen ihres Marsches stark erschöpft und leiden noch an Hungerfantasie. Sie können zur Zeit nur Wasser und flüssige Nahrung zu sich nehmen. In Wyndham werden sie noch mehrere Wochen im Krankenhaus bleiben müssen, ehe sie wieder vollkommen genesen sind.

Fortsetzung aus dem Tagebuch des Constable Marshall:

„Dienstag, 5. Juli.

Bei Tagesanbruch schickte ich Eingeborene zu den verschiedenen Aussichtspunkten, um auf das Boot zu warten. Ich selbst kümmerte mich um die beiden Deutschen.

Um 8.40 Uhr hörte ich einen Schrei von einem der Ausguck haltenden Boys, dann rief Smith von einer anderen Anhöhe „das Boot kommt“. Ich gab sofort ein Rauchzeichen, das vom Boot auch bemerkt wurde. Wir sahen es in unsere Bucht einlaufen. Captain Bertram und alle, die gerade nicht beschäftigt waren, rannten zum Strand hinunter und begrüßten Captain Crane, Constable Goad und Charles Olsen.

Sie kamen an Land und nahmen eine Mahlzeit ein. Dann trafen wir Vorbereitungen für die Rückfahrt nach Wyndham. Um 10.30 Uhr legten wir ab. Vor der Abfahrt gab ich Ronan Weisung sich auf dem Rückmarsch Zeit zu lassen und Pferde und Maultiere weitmöglichst zu schonen. Smith blieb bei Ronan.
Für Klausmann richteten wir auf dem Boot ein Lager her, das Bertram nicht sehen konnte.
Unterwegs liefen wir die Notlandebucht an, wo ich mit Captain Bertram an Land ging. Bertram inspizierte seine Maschine und bedeckte das Cockpit mit einer Plane. Dann setzten wir unsere Fahrt nach Wyndham fort und unterbrachen sie auch nachts nicht mehr. P. C. Goad und ich lösten uns bei Klausmann ab.

Mittwoch, 6. Juli.
Etwa um 7 Uhr legten wir an der Mole in Wyndham an, wo Sergeant Flinders und eine große Menschenmenge uns erwarteten. Sobald man mir Captain Bertram abgenommen und von der Mole weggeführt hatte, legte ich Klausmann mit Hilfe eines Zuschauers und Constable Goads saubere Kleidung an und trug ihn an Land ins Hospital. (Bertram hatte Klausmann seit dessen Nervenzusammenbruch in der Nacht vom 29. Juni nicht zu Gesicht bekommen.) Auf dem ganzen Weg schlug Klausmann mit Händen und Füßen um sich. Er wurde im Krankenhaus aufgenommen und von Dr. Webster, D. M. C., und Dr. Money, dem Arzt eines hier ankernden Schiffes versorgt. Captain Bertram wurde ebenfalls ins Krankenhaus eingeliefert.
Die Polizeipferde und die Maultiere zeigten sich dem rauen Gelände und dem forcierten Marschtempo gewachsen, verloren aber viel an Kondition. Zwei von Ronans Pferden wurden stark erschöpft und werden sich m. E. nicht mehr erholen. Eine Stute von der Mission stürzte schwer und wird wahrscheinlich eingehen. Ein Maultier der Missionsstation

stürzte von einer Felsleiste und wurde am Rücken verletzt. Die mir von Sergeant Flinders erteilte Vollmacht ermöglichte es mir, meinen Tierbestand von 14 auf 21 Stück Pferde und Maulesel zu erhöhen. So konnte ich wenigstens einige Eingeborene reiten lassen, ausreichend Vorräte mitführen, große Tagesetappen rasch zurücklegen und die Gesuchten in so kurzer Zeit erreichen. Hätte ich mit 14 Tieren losmarschieren müssen, wäre ich noch heute im Busch und die beiden Männer wären wahrscheinlich tot.

Für Organisation und Ausführung der polizeilichen Suchaktion an Land und die Auswahl von Ausrüstung und Vorräten zeichne ich allein verantwortlich, letztere wurden auch aus meiner eigenen Tasche bezahlt. Eine genaue Abrechnung aller meiner Ausgaben werde ich gesondert vorlegen.

Mir gebührt nicht das Verdienst die Vermissten gefunden zu haben. Als ich eintraf, waren sie schon entdeckt worden. Ich bin jedoch der Ansicht, dass Ronan, Smith und ich Klausmann, wenn nicht sogar beiden Männern, das Leben gerettet haben. Wären wir nicht zur Stelle gewesen, hätte Klausmann sich selbst mit Sicherheit, und vielleicht auch Bertram, getötet. Nur der tatkräftigen Hilfe und dem Feingefühl von Ronan und Smith ist es zu verdanken, dass nicht auch Bertram den Verstand verlor.“

gez. W. G. Marshall
Const. 1557.

Weitergeleitet an
den Polizeiinspektor,
Broome.
„Constable Marshall hat hervorragende Arbeit geleistet.“

gez. J. F. Flinders
Sergeant.

Auszug aus dem Abschlussbericht von Sergeant Flinders, Wyndham:

„Die Barkasse der Meatworks hatte auf ihrer Suche unglücklicherweise sehr raues Wetter. Captain Crane ging ein beträchtliches Risiko ein, als er das Boot auf offene See steuerte, da es für Aufgaben außerhalb von La Crosse Island völlig ungeeignet ist. Dies um so mehr, als es nur aus Leichtstahl besteht und vor einer völlig unvermessenen Küste operieren musste.

Die Piloten der Suchflugzeuge, Captain Sutcliffe und Commander Nicholas, gingen ebenfalls ein Risiko ein, da eine Notlandung im Busch gravierende Folgen gehabt hätte. Beide Piloten hatten vereinbart im Falle einer Außenlandung bei ihrem Flugzeug zu bleiben, es sei denn, sie befänden sich näher als 20 Meilen bei einer Missionsstation.

Die spanischen Mönche in Drysdale und der Superintendent in Forrest River taten alles, was in ihrer Macht stand.

Der Eilmarsch von Constable Marshall und seiner Streife zur Küste war eine hervorragende Leistung. Zweifellos hat sein rascher Marsch den Vermissten das Leben gerettet, da sie physisch und psychisch so erschöpft waren, dass sie meines Erachtens nicht mehr lange gelebt hätten. Ohne Zweifel wussten die Schwarzen, dass die Vermissten am Leben waren. Marshalls rascher Vormarsch dürfte sie eingeschüchtert haben, denn obwohl das Flugzeug ausgeraubt worden war, begannen die Eingeborenen ihre Beute nach Drysdale zu bringen, sobald sie von den Maßnahmen der Polizei Wind bekamen. Wenn Marshall sich nicht so beeilt hätte, wären ihm die Schwarzen möglicherweise noch zuvorgekommen. Ich spreche hier nicht von den Eingeborenen der Stationen Forrest River und Drysdale.

Die Entfernung von Forrest River zum Flugzeug beträgt in Luftlinie 100 Meilen. Der Pferde und der Zick-Zack-Route einer Suchaktion wegen beträgt die tatsächlich zurückzulegende Entfernung jedoch 180 Meilen. Es ist äußerst bemerkenswert, dass mit Ausnahme der Eingeborenen, die selber an der Suche beteiligt waren, keine Schwarzen angetroffen

wurden. Constable Marshall stellte fest, dass die Notlandebucht nicht in den Territorien der Schwarzen von Forrest River und Drysdale liegt. Die dortigen Eingeborenen werden das Flugzeug bereits bei der Landung beobachtet und sich nach der Beraubung ins Inland zurückgezogen haben.
Ich persönlich ging von der Annahme aus, die Vermissten seien getötet und ihre Leichen wenige Meilen vom Flugzeug entfernt zurückgelassen worden. Ich war sicher, Marshall würde sie finden. Daher meine Anweisung, die Schwarzen, die des Mordes verdächtigt wurden, in Fesseln zu halten. Der Boy mit dem Zigarettenetui ist vollkommen von der Bildfläche verschwunden.
Captain Bertram gab an, dass er unmittelbar nach der Landung einen Schwarzen gesehen hatte. Dies war bei der ersten Landung in der Mündung des Berkeley. Er landete dann zum zweiten Mal in 20 Meilen Entfernung. Ich glaube immer noch, dass die Buschmänner die beiden Weißen während der gesamten Zeit unter Beobachtung hatten und dass nur die Schnelligkeit von Marshall und den Boys der beiden Missionen Schlimmes verhütete.
Als erfahrener Buschläufer mit jahrelanger Praxis in ähnlichen Aufgaben halte ich es für meine Pflicht, den Commissioner noch einmal nachdrücklich auf Marshalls erstklassige Leistung hinzuweisen."

Gez. J. F. Flinders
Sgt. 3/c 943.

Damit enden die Polizeiberichte „betreffend Suche nach dem deutschen Flugzeug *Atlantis*".

Materialien

1. Zur Geschichte des Traums vom Fliegen – Historischer Abriss

Allem Flugzeugbau liegt letztlich die Idee zugrunde, den Vogelflug zu imitieren. Dieser Traum stellte dem Menschen drei grundlegende Aufgaben: die Egalisierung der Schwerkraft durch entsprechenden Auftrieb, die Überwindung des Luftwiderstands durch eine geeignete Vortriebskraft und schließlich die Frage, wie eine solche Maschine gesteuert werden könne. Diese Probleme konnten nicht auf einmal gelöst werden, es kostete Jahrzehnte intensiver Entwicklungs- und gefahrvoller Pionierarbeit, bis mit den Erfindungen der Gebrüder Wright die Grundlage des heutigen Flugwesens gelegt wurde.

Bereits in der griechischen Mythologie	taucht der Wunsch zu fliegen in Gestalt der griechischen Sage um Daidalos und Ikaros auf, die aus dem Palast des kretischen Königs Minos fliehen, indem sie sich aus Wachs und Federn Flügel anfertigen und damit über die Mauern gelangen. Als der übermütige Ikaros trotz der Warnungen seines Vaters zu hoch steigt und der Sonne zu nahe kommt, so dass das Wachs zu schmelzen beginnt, stürzt er ins Meer und kommt so ums Leben.
Um 1500	entwirft Leonardo da Vinci erste Skizzen von hypothetischen Flugapparaten („Ornithopter"), deren Konstruktion ebenfalls der Gedanke zugrunde liegt, die Flügel mit Hilfe der menschlichen Muskelkraft

	zu bewegen, was sich jedoch später als Irrweg herausstellt.
Ab 1792	experimentiert der Brite G. Cayley in England mit Modellen von Flugapparaten mit starren Flügeln und zeigt damit einen Erfolg versprechenderen Weg auf. Von Cayley stammt auch die heute noch übliche Trennung von Trag- und Leitwerk; er beschreibt erstmals theoretisch die Möglichkeit, mit Hilfe von „Treibschrauben“, die nach dem umgekehrten Windmühlenprinzip arbeiten sollten, die notwendige Auftriebskraft zu erzeugen (die späteren Propeller).
1891 bis 1896	unternimmt Otto Lilienthal in der Gegend um Berlin systematische Versuchsflüge mit (insgesamt 18) selbst gebauten Flugapparaten, erreicht dabei Flugstrecken von bis zu 250 Metern Länge und legt damit die Grundlage für den erfolgreichen Segelflug. Am 9. August 1896 stürzt Lilienthal aus 15 Meter Höhe ab und bricht sich den Halswirbel – das erste Opfer der Fliegerei.
1893/94	greift der amerikanische Eisenbahningenieur Octave Chanute Lilienthals Versuche auf und führt sie vor allem auf der theoretischen Ebene fort. Die Ergebnisse veröffentlicht er 1894 in seinem Werk „Progress in flying machines“, das für die Brüder Wright zum wichtigen Lehrbuch wird.
Ab 1899	experimentieren auf der Basis von Lilienthals und Chanutes Erkenntnissen die Gebrüder Orville und Wilbur Wright in

	North Carolina mit eigenen Flugapparaten. Ihnen gelingt
im Jahre 1900	mit der Erfindung der Verwindung (gegenläufige elastische Verdrehung der Tragflügelenden) die Steuerung der Drehbewegung des Flugzeugs in seiner Längsachse und damit die endgültige Beherrschung des Segelflugs.
Am 17.12.1903	läutet ein 12-Sekunden-Flug der „Flyer“ die Ära des Motorflugs ein. Die Wrights benutzen einen wassergekühlten 2-PS-Motor, der über Zahnräder und Ketten einen Holzpropeller antreibt, als Vortriebskraft. Am Nachmittag dieses Tages kann sich die „Flyer“ bereits 59 Sekunden in der Luft halten und fliegt 255 Meter weit.
1906/07	erheben sich auch in Europa, unabhängig von den Gebrüdern Wright, erste Flugapparate in den Himmel, zuerst in Frankreich (Alberto Santos-Dumont), wo
im Jahre 1907	von den Brüdern Gabriel und Charles Voisin auch die erste Flugzeugfabrik der Welt gegründet wird (im Jahr darauf – unter französischer Lizenz – auch in Deutschland: Flugzeugbau A. H. Euler in Frankfurt).
25.06.1909	Der Franzose Louis Blériot überquert als erster Flieger den Ärmelkanal; die „Daily Mail“ betitelt ihren Bericht darüber: „England ist keine Insel mehr.“ Auch die Alpen werden im gleichen Jahr erstmals überflogen, wenngleich mit tödlichem Ausgang für den Piloten.

Die folgenden Jahre	sind Jahre der Pioniere und des Wettbewerbsflugs (Sachsen-Rundflug, Paris–Madrid, London–Paris).
Um 1911	halten die Franzosen alle Weltrekorde: 3900 Meter Höhe, 150 km/h Geschwindigkeit, 740 km Strecke, 11 Stunden Flugdauer.
Ebenfalls 1911	wird das Flugzeug vom Militär entdeckt: Italienische Piloten erkunden erstmals feindliche (türkische) Stellungen aus der Luft und werfen Granaten auf sie ab. Der Luftsport hat seine Unschuld verloren.
1914,	mit Beginn des Ersten Weltkriegs, hat Deutschland die Führung in der Entwicklung der Luftfahrt übernommen: Fast alle Weltrekorde werden jetzt von deutschen Piloten gehalten, das Deutsche Reich besitzt die meisten Militärmaschinen. Der Krieg beschleunigt die technische Entwicklung.
1915	Hugo Junkers baut mit der „F 13“ das erste Ganzmetallflugzeug der Welt, das erste auch für die Personenbeförderung im zivilen Luftverkehr entwickelte Flugzeug.
15. Juni 1919	Die Engländer Alcock und Whitten-Brown überqueren in einem zweimotorigen Doppeldecker in 16 Stunden als Erste nonstop den Atlantik.
Die zwanziger Jahre	sind die Zeit der stürmischen Entwicklung der zivilen Verkehrs- und Handelsluftfahrt. Dabei wird die Junkers F 13, die maximal vier Passagiere befördern kann, zum Prototyp aller Airliner. Weitere Flugzeugfabriken werden gebaut und

	nach ihren Gründern benannt: William E. Boeing, Donald W. Douglas, Andrej Tupolew, Claude Dornier. 1925 wird die deutsche Luft Hansa AG gegründet.
Mitte der zwanziger Jahre	werden neue Rekorde aufgestellt und neue Flugrouten erkundet: 1924 gelingt die erste Weltumrundung (in Etappen), Deutsche fliegen erstmals nach China, Engländer nach Indien. 1925 erreicht Amundsen den Nordpol.
1927	Der amerikanische Postflieger Charles Lindbergh fliegt den ersten Nonstop-Alleinflug New York–Paris und eröffnet damit die Ära der Kontinentalflüge. Im Jahr darauf gelingt einer deutschen Junkers W 33 der erste Flug in der Gegenrichtung (gegen den Wind).
In den dreißiger Jahren	erreicht die Pionierflugzeit ihren Höhepunkt und zugleich ihr Ende. Die Pionierleistungen werden jetzt als Streckenerkundungen für den geplanten Passagierverkehr erbracht: Es geht um Routenwahl, vorherrschende Wetterlagen, Benzinversorgung.
Mit dem 27. August 1939,	als in Rostock die erste Düsenmaschine startet (die einmotorige „He 178“), und mit dem wenige Tage darauf ausbrechenden Zweiten Weltkrieg ist die Zeit der Pioniere endgültig vorbei.

2. Zu Autor und Werk

2.1 Biografie des Autors

Am 26. Februar 1906	wurde Hans Bertram in Remscheid geboren. Hier verbrachte er auch seine Schulzeit, die er
im Jahre 1926	mit dem Abitur abschloss.
1926/27	absolvierte er eine Lehre im Schiff- und Flugzeugbau bei den Hamburger Firmen Blohm & Voss und Flugzeugbau Beumer.
Ab 1927	vertiefte er die hier erworbenen Kenntnisse durch die Aufnahme eines Studiums an der Münchner Technischen Hochschule im Fach Schiff- und Flugzeugbau, das er jedoch bereits im folgenden Jahr vorzeitig beendete. In den Semesterferien erwarb der von Jugend an für die Fliegerei begeisterte Bertram den Kunstflugschein und den B-Schein für Verkehrsfliegerei (Land und See).
Im gleichen Jahr	lernte er den jungen chinesischen Offizier Wenlin Tschen kennen, der im Auftrag der chinesischen Regierung in Deutschland das Fliegen lernen sollte und die gleiche Flugschule wie Bertram besuchte. Über diesen Kontakt erreichte den erst 21-jährigen Studenten ein Angebot des damaligen chinesischen Präsidenten Chiang Kai-shek, als Berater beim Aufbau der chinesischen Marine-Luftwaffe mitzuwirken. Bertram nahm an und stand
1927–1933	im Dienst der chinesischen Regierung.

Seine Tätigkeit umfasste Aufgaben in China, erforderte aber auch häufige Reisen zu Land, zur See sowie auf dem Luftweg nach Europa und zurück.

Eine dieser Reisen endete in der Nacht zum 15.5.1932 mit der Notwasserung der „Atlantis" an der Nordwestküste Australiens.

1933 veröffentlichte Bertram seinen Bericht über dieses Abenteuer und den sich anschließenden 53-tägigen Überlebenskampf unter dem Titel „Flug in die Hölle".

Das Buch wurde in den folgenden Jahren und Jahrzehnten immer wieder neu aufgelegt (Gesamtauflage 1985: 2,5 Mio. Stück), vom australischen Fernsehen verfilmt und 1986 von der ARD auch in der Bundesrepublik in Form eines Sechsteilers aus Anlass seines 80. Geburtstags ausgestrahlt.

1934–1939 Bertrams erste berufliche Karriere nach seiner glücklichen Rückkehr fand beim Film statt. Er volontierte ab 1934 zunächst als Regieassistent bei den Produktionsfirmen Steinhof und Europafilm und betätigte sich dann als Drehbuchautor und Regisseur von Filmen wie „D III 88" (1938), „Feuertaufe" (1939) und „Kampfgeschwader Lützow" (1940).

Daneben hielt er Vorträge über seine Abenteuer als Flieger und widmete sich der Schriftstellerei (1936 „Ruf der weiten Welt").

Auch seiner Leidenschaft, dem Fliegen,

blieb er stets treu: 1936 unternahm er einen Rundflug um die Erde.

1939–1943 Während der ersten Kriegsjahre arbeitete er zeitweise als Filmberichterstatter und wurde mit dem Eisernen Kreuz II. Klasse ausgezeichnet.

Im Jahre 1943 kam es zum Bruch mit dem nationalsozialistischen Regime: Bertram drehte den Film „Symphonie eines Lebens“ und engagierte als Hauptdarsteller den jüdischen Schauspieler Harry Baur. Dies machte ihn zum politisch unerwünschten Künstler; in der Folge wurde er aus der Kultur-, Film- und Schrifttumskammer ausgeschlossen.

Noch im gleichen Jahr wurde er zur Wehrmacht eingezogen, jedoch wegen eines Augenleidens, das er sich 1940 bei einem Unfall zugezogen und das zum Verlust eines Auges geführt hatte, bald wieder entlassen.

1947 gründete er, nachdem er sich die ersten Nachkriegsjahre mit allerlei Gelegenheitsarbeiten durchgeschlagen hatte, eine eigene Filmgesellschaft, die er nach dem Flugzeug seines Abenteuers in Australien „Atlantis-Filmgesellschaft“ nannte, schrieb in den folgenden Jahren wieder Drehbücher, z.B. zu den Filmen „Türme des Schweigens“ (1953), „Der Fuchs von Glernarvon“ oder „Liebe, Brot der Armen“.

Daneben entstanden weitere Bücher, wie etwa „Sturmflug“ (1952) oder „Flug zu den Sternen“ (1954) (diese beiden Titel

	verband er mit dem „Flug in die Hölle“ zu einer Flieger-Trilogie).
Im September 1954	rief Bertram die Firma „Bayerischer Flugdienst Hans Bertram“ ins Leben, das erste Flugunternehmen, das nach dem Zweiten Weltkrieg in Bayern zugelassen wurde, und schuf sich damit ein weiteres berufliches Standbein (dieses Unternehmen eröffnete 1972 den regelmäßigen Regional-Luftverkehr von Hof, später auch von Bayreuth aus nach München und Frankfurt).
	Zugleich betrieb er einen eigenen Luftbildverlag in München, der sich bis 1991 zu einem der größten Verlage dieser Art entwickelte.
Am 8. Januar 1993	starb Bertram, der bis zu seinem Tod aktiv in seinen Unternehmen arbeitete, im Alter von 86 Jahren in München.
	Er veröffentlichte insgesamt sechs Bücher und drehte dreizehn Filme.

2.2 Zusammenfassung des zweiten und dritten Teils von Bertrams Bericht

Hans Bertram hat den fesselnden Bericht von seinem „australischen Abenteuer“ durch einige weitere Kapitel ergänzt und abgerundet, deren Inhalt im Folgenden knapp zusammengefasst werden soll.

Im zweiten Teil seines Buches, der die Überschrift **„Das neue Leben“** trägt, schildert er zunächst seine Rückkehr in die Zivilisation nach dem verzweifelten Überlebenskampf in der Wildnis. Voller Dankbarkeit beschreibt er, an das letzte Kapitel des ersten Teils anknüpfend, die Auffindung und Rettung durch einen Aborigines-Suchtrupp, den die Missionsstation Drysdale River drei Wochen zuvor ausgesandt hatte, sowie die Gastfreundschaft, die die beiden Verschollenen eine Woche lang bei den australischen Ureinwohnern genossen, während sie auf das Eintreffen von Marshalls Hilfsexpedition warteten. Eine letzte Gefahr habe in dieser Zeit in Klausmanns Geistesverwirrung bestanden, die bereits am fünfzehnten Tag der Odyssee begonnen habe, als die „Koolinda“ an ihrem steuerlosen Boot vorübergefahren sei, ohne sie zu bemerken. Hätten ihre Gastgeber den Wahnsinn des Gefährten bemerkt, so wäre deren Reaktion – Flucht oder sogar Mord – unvorhersehbar gewesen, und nur mit viel Glück und Geschick gelingt es Bertram, den wirklichen Zustand des Kameraden zu verbergen. Nach einem einwöchigen Aufenthalt in Wyndham fliegt der Abenteurer nach Perth, wo seine Rettung von der gesamten Öffentlichkeit ausgiebig gefeiert wird. Trotz des Angebots einer Schifffahrtsgesellschaft, auf einem Ozeandampfer nach Europa zurückzukehren, beschließt Bertram zur havarierten „Atlantis“ aufzubrechen, sie nach Möglichkeit zu reparieren und mit ihr den Heimflug zu versuchen. Mitte September finden er und seine Helfer das Flugzeug in der Notlandebucht wieder; zwei Monate lang war es dort von ihren eingeborenen Rettern bewacht worden. Nach der behelfsmäßigen Reparatur des als Boot zweckentfremdeten Schwimmers gelingen Bertram Start und Rückflug nach Perth. Von dort aus stattet er auf einem etwa zweimonatigen Rundflug um fast ganz Australien den großen Städten des Erdteils (Adelaide, Hobart auf Tasmanien, Melbourne, Canberra, Sydney, Brisbane) Dankesbesuche ab, ist Ehrengast zahlreicher Empfänge und Bankette, hält Vorträge und plant schließlich, seinen Heimflug nach Europa zu einer Werbemaßnahme für eine regelmäßige Luftverbindung zwischen Australien und England zu machen. Nach einem 3600 km-Flug quer über Australien von Melbourne nach Port Darwin startet er Mitte Dezember von hier aus mit seinem australischen Copiloten Richtung London, muss das Unternehmen jedoch nach einem Fehlstart am zweiten Tag, bei dem die „Atlantis“ stark beschädigt wird, aufgeben. Erst Anfang April kann Bertram, diesmal allein, zum endgültigen Heimflug aufbrechen. In sieben Tagen fliegt er von Sumatra aus über Indien, den Golf von Bengalen, die arabische Halbinsel und die Adria nach Berlin, wo er am 17.4.1933 landet. In die Beschreibung des Reiseverlaufs und der dabei auftretenden Schwierigkeiten des Soloflugs streut Bertram Rückblenden früherer Flugerlebnisse ein, so die Erzählung von einer Notwasserung während eines Sturms im Golf von Bengalen und von einem plötzlichen Brand an Bord kurz nach dem Start in Hamburg, der zum Absturz seiner Maschine führte, den er nur mit Glück unverletzt überstand.

Im dritten und letzten Teil (**„Ein Blick zurück“**) beschreibt der Autor das Schicksal zweier anderer Flugpioniere, die im gleichen Jahr auf ähnlichen Flugrouten tödlich verunglückten: das von Sir Charles Kingsford-Smith, der Bertrams gescheiterten Rekordflugversuch Australien–England erfolgreich wiederholen wollte und über dem Golf von Bengalen abstürzte, und das furchtbare Ende Captain Butlers und seines Begleiters, die in einem Sandsturm während der auch von Bertram geflogenen Australien-Durchquerung notlandeten und elendiglich in der Wüste verschmachteten. Im zweiten Kapitel dieses abschließenden Teils erfährt der Leser, wie es überhaupt zu dem verhängnisvollen Flug der „Atlantis“ gekommen war: Hans Bertram, der bereits als sehr junger Mann beratend die Marineluftfahrt Chinas mit aufbauen half, sollte nach mehreren Jahren abenteuerlicher und erfolgreicher Tätigkeit in China ein Junkers-Wasserflugzeug von Deutschland in die chinesische Hauptstadt Nanking überführen. Zwei Versuche waren dafür nötig, da die erste Maschine (sie trug den Namen „Freundschaft“) bei der oben genannten Notlandung im Golf von Bengalen versank. Auch die „Atlantis“ erreichte, wie gesehen, ihr Ziel nicht; dass sie nach Australien geriet, lag daran, dass Bertram auf dem Flug bei im Ausland ansässigen Chinesen Geld für das Luftfahrtprojekt Chinas sammeln sollte und in Australien sehr patriotische Chinesen lebten. Diese finanziellen Unterstützungen konnte er später doch noch dem chinesischen Präsidenten Chiang Kai-shek übergeben: Als er in Soerabaja, Sumatra, Anfang des Jahres 1933 auf Ersatzteile für die Reparatur der „Atlantis“ wartete, um den langen Heimflug antreten zu können, unternahm er einen „Abstecher“ nach China und erhielt als Gegenleistung von Chiang Kai-shek lebenslanges Wohnrecht in einem luxuriösen Anwesen in der chinesischen Hafenstadt Amoy. In den knappen letzten beiden Kapiteln wirft der Autor die Frage auf, ob der glückliche Ausgang seines Abenteuers wirklich nur auf Zufälle oder – wie er glaubt – auf göttliche Fügung zurückgeführt werden könne. Sein Leben jedenfalls habe sich dadurch grundlegend gewandelt: Er habe die Selbstherrlichkeit seiner Jugendjahre abgelegt und die „Kraft des Gebetes“ und „die Hilfe, die der Glaube schenkt“, erkannt – nur damit sei sein „Weg durch die Hölle“ zu bestehen gewesen.

Erster Ostasienflug einer Wasserflugmaschine.

Start heute auf dem Templiner See bei Potsdam.

Unter der Devise „Deutsch-chinesischer Freundschaftsflug“ wird heute nachmittag von Berlin aus ein Junkers-Wasserflugzeug (Junkers „F. 13“ mit Junkers L-5-Motor) nach China starten. Die Maschine wird geführt von Flugkapitän Bertram, der bereits Mitglied des chinesischen Fliegerkorps ist.

Wasser-Flugzeug Berlin—China in furchtbarem Sturm gesunken.

Das Ende der Junkersmaschine „Freundschaft“.

Flieger durch Haifische bedroht –

2.3 Karten und Abbildungen

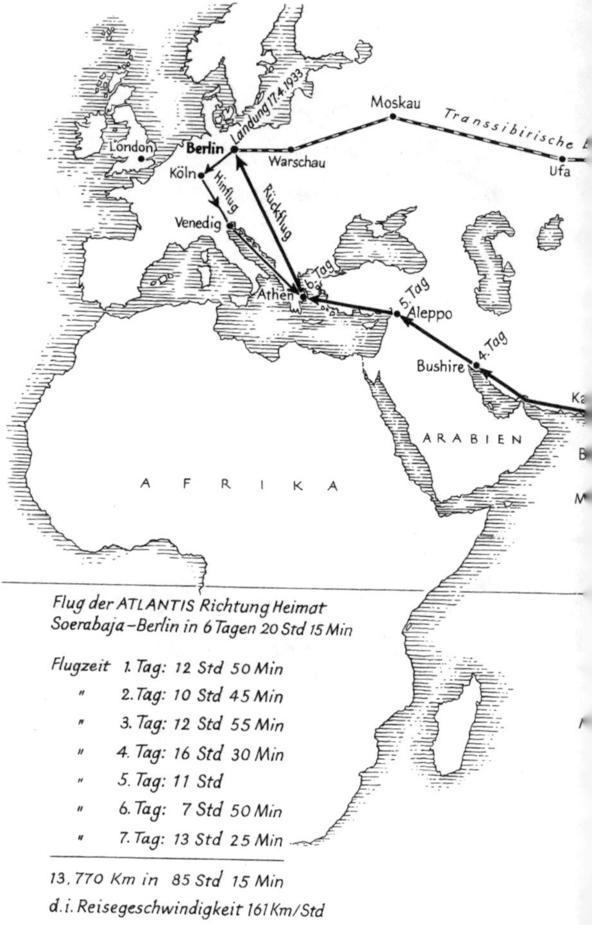

Karte 1: Der Heimflug der „Atlantis": Rundflug über Australien

ember–Dezember 1932) und Flug Port Darwin–Berlin (11.4.–17.4.1933)

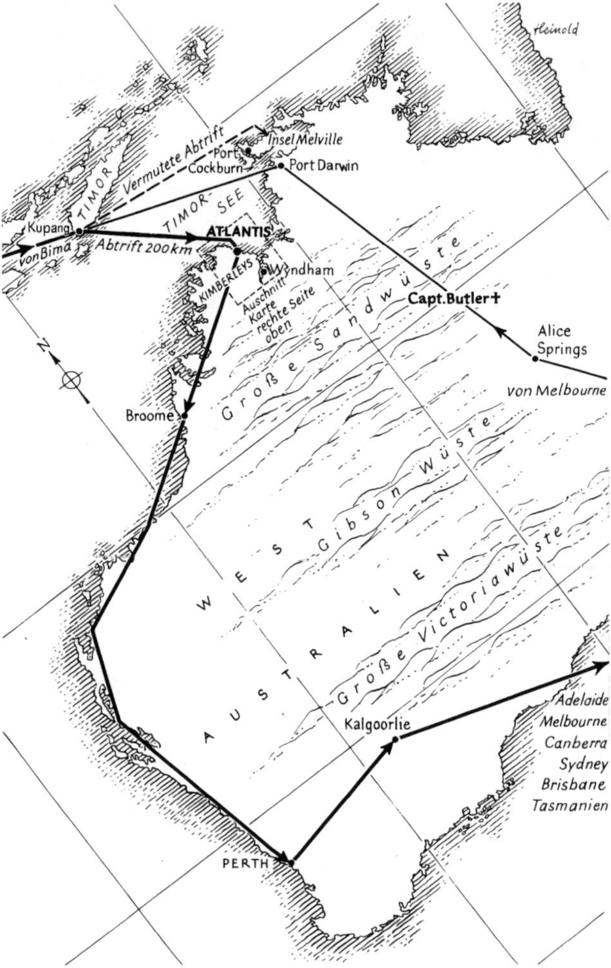

Karte 2: Bertrams Flugroute in Australien

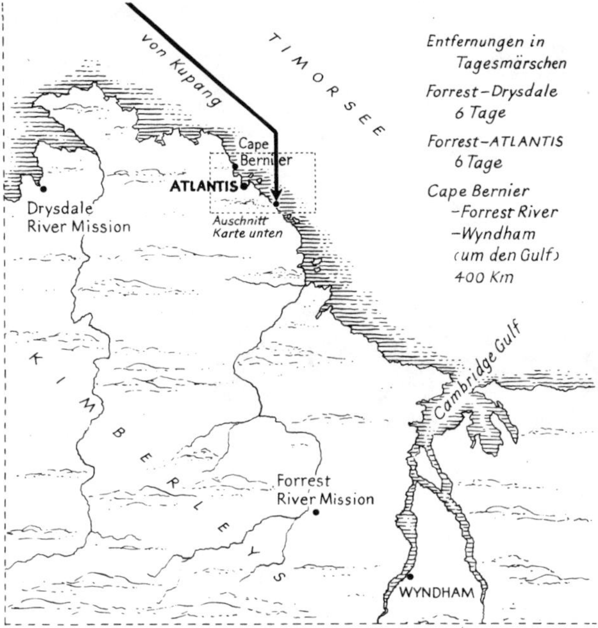

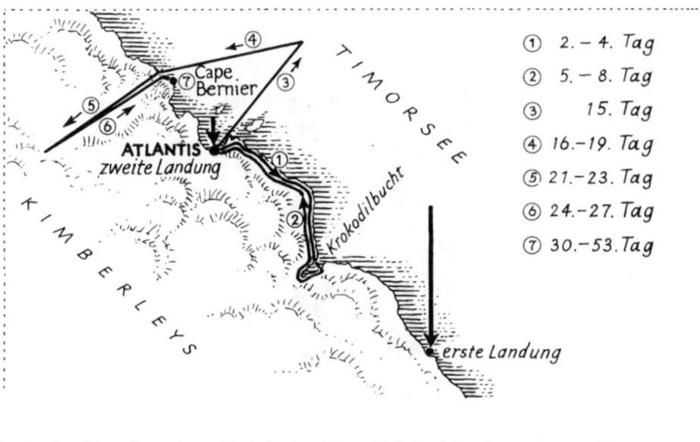

Karte 3: Das Landegebiet der „Atlantis“ in Nordwestaustralien
Karte 4: Die Versuche der beiden Verschollenen, sich selbst zu retten

Hans Bertram (rechts) und Adolf Klausmann in der Führerkabine der „Atlantis“

Hans Bertram unmittelbar nach seiner Rettung

Hans Bertram am Steuer der „Atlantis“ beim Flug über Melbourne

2.4 Die „Atlantis“: Bertrams Flugzeug

Bei der Maschine, mit der Bertram und Klausmann am 15. Mai 1932 in der „Notlandebucht“ wasserten und mit der Hans Bertram nahezu ein Jahr später noch der Heimflug nach Deutschland gelang, handelte es sich um eine „W 33“ der Dessauer Junkers-Werke. Dieses Flugzeug war eine Weiterentwicklung der bewährten und außerordentlich erfolgreichen „F 13“. Wegen seiner besonders vorteilhaften Aerodynamik, der Belastbarkeit der Zellenkonstruktion und seines geringen Kraftstoffverbrauchs war das Flugzeug besonders für Dauer- und Langstreckenflüge geeignet. Ursprünglich als Frachtflugzeug konzipiert (etwa 5 Kubikmeter Stauraum), bot es, bei entsprechender Ausstattung mit Sitzen, maximal sechs Passagieren Raum. Die Serienproduktion des Typs wurde im Jahr 1927 aufgenommen, insgesamt sind etwa 200 Maschinen gebaut worden. Die Motorisierung des freitragenden Ganzmetall-Tiefdeckers war unterschiedlich: Die „W 33“ konnte mit einem 310 PS-Motor, aber auch mit einem 425- oder einem 540 PS-Triebwerk geliefert werden, bei Bertrams Maschine dürfte es sich um die Variante mit dem 310 PS-Motor gehandelt haben.
Mehrere Aufsehen erregende Flüge wurden mit einer „W 33“ unternommen. Die meiste Beachtung fand ohne Zweifel die erste Atlantiküberquerung in Ost-West-Richtung im April 1928 durch den Lufthansa-Piloten Hermann Köhl und seine Begleiter Günther Freiherr von Hünefeld sowie den Iren James Fitzmaurice, die nach 36 Stunden Flugzeit mit einer Bruchlandung an der Küste Labradors endete. Im Herbst des gleichen Jahres unternahm der Schwede Lindner einen erfolgreichen Etappen-Langstreckenflug über 14.250 km von Berlin nach Tokio. 1931 musste Friedrich Johannsen seine W 33 namens „Esa“ beim Versuch einer Atlantiküberquerung vor der Küste Neufundlands notwassern, wobei beide Tragflächen brachen. Sieben Tage lang

schwamm die schwer beschädigte „Esa“ auf dem Atlantik, bevor die Besatzung, die auf dem Rumpf Zuflucht gesucht hatte, von einem Dampfer gerettet werden konnte. Aufgrund dieser hohen Belastbarkeit, die ja auch durch Bertrams Abenteuer bestätigt wird, stellte man mit der „W 33“ verschiedene Versuche an, so z.B. den ersten Betankungsversuch aus der Luft im November 1930 oder die Erprobung einer Funk-Fernlenkung. Selbst Startversuche mit Hilfsraketen wurden mit diesem sehr widerstandsfähigen Flugzeug unternommen.
Bertrams und Klausmanns „Atlantis“ war eine mit Schwimmern versehene Wasserflugzeug-Variante mit der Typenbezeichnung D-1925. Die Originalmaschine ist nicht erhalten; jedoch ist im Air Force Association Museum in Bull Creek in Australien eine für die Verfilmung des Bertramschen Abenteuers nachgebaute Version im Maßstab 1:1 ausgestellt.

Eine mit Schwimmern ausgerüstete W 33 vor dem Start

3. Literarische Gestaltungen von Flugabenteuern

3.1 Stichwort „Flugabenteuer“

Flugabenteuer

Der Traum vom Fliegen gehört zu jenen Motiven, die uns schon in den ältesten Mythen der Menschheit und den Sagen und Geschichten vieler Naturvölker begegnen. So ist es nicht zu verwundern, dass Erich v. Däniken unter dem Stichwort „Mythen und Reportagen“ von einer Erinnerung aus vergangenen Zeiten spricht, die Erfahrungen und Kenntnis außerirdischer Weltraumfahrer spiegelt. Auch bei antiken Schriftstellern, so etwa bei Cicero oder Lukian, gelangen Menschen in den Weltraum. Doch haben diese Texte weder mit Abenteuern noch mit Sciencefiction zu tun. Dann schon eher einzelne Märchen wie die „Geschichte vom Elfenbeinpferd“ aus „Tausendundeiner Nacht“; denn da wird ja eine echte, sogar mit Höhensteuer versehene Flugmaschine vorgeführt.

Zu den ersten in der Literatur etwas breiter ausgemalten Flugabenteuern gehören Cyrano de Bergeracs „Reise zu den Mondstaaten und Sonnenreichen“. Der Erfinder des lenkbaren Flugapparates ist aber nicht Jules Verne, sondern E. A. Poe. In seiner Erzählung „Der Lügenballon“ beschreibt er die Überquerung des Atlantik mit Hilfe eines lenkbaren Ballons „in der Form eines Ellypsoides“, also schon einem Zeppelin ähnlich, von England nach Amerika in fünfundsiebzig Stunden. Die kleine, weitgehend vergessene Geschichte beweist, wie weit Poe seiner Zeit auch in der technischen Utopie voraus war. Selbstverständlich griff auch Verne die Flugreisen auf und verarbeitete sie in seinen Erzählungen. Ihn faszinierte vor allem der konventionelle Ballonflug. Sein erster Roman „Fünf Wochen im Ballon“ (1863), einer seiner reizvollsten überhaupt, erzählt die fabelhaften Abenteuer dreier Engländer, die mit einem Ballon die Nilquellen erkunden wollen und bis nach Westafrika getrieben werden. Angeblich soll dieser Roman den Schweden A. Andrée angeregt haben, mit einem ähnlichen Ballon den Nordpol auf dem Luftweg zu erreichen. Sein Unternehmen war in Wirklichkeit dann nicht so vom Glück begünstigt wie das seines literarischen Vorbilds, denn er fand 1897 mit seinen Begleitern den Tod, nachdem er mit seinem Ballon „Örnen“, dessen Haut völlig vereist war, hatte notlanden müssen.

Ein lenkbares Luftschiff entwickelte Verne dann in dem Roman „Robur der Eroberer“. Dieses Luftfahrzeug hatte allerdings nichts mehr mit einem Ballon zu tun, sondern lässt sich am ehesten als eine Mischung aus Flugzeug und Hubschrauber beschreiben. Die Entwicklung des Flugzeugs überrundete sehr rasch die literarischen Utopien und die Wirklichkeit erwies sich als weit abenteuerlicher. Die faszinierendsten Bücher über Flugabenteuer sind überwiegend echte Tatsachenberichte. So beschrieb Charles Lindbergh 1927 in einem packenden Buch seine erste Ozeanüberquerung im Direktflug von New York nach Paris. Während Poes Helden im „Lügenballon“ noch fünfundsiebzig Stunden benötigt hatten, schaffte er es in Wirklichkeit schon mit 33,5! Ähnliches Interesse fanden die Berichte des Schweizers W. Mittelholzer über seine Afrikaflüge (1930 „Kilimandscharo-Flug“), von Elly Beinhorn (1932 „Ein Mädchen fliegt allein“) oder von H. Bertram (1933 „Flug in die Hölle“). Eine Sonderstellung nehmen die Bücher über die Erlebnisse der bekannten Segelflieger ein. Zu ihnen gehören „Segler durch Wind und Wolken“ von P. Karlson (1933) oder „Wolf Hirth erzählt“, eines der frühen Bücher von R. Italiaander (1938).

3.2 Antoine de Saint-Exupéry: „Durst“

Der Flieger und Dichter Antoine de Saint-Exupéry wurde am 29. Juni 1900 in Lyon geboren. Er stammte aus einem alten französischen Adelsgeschlecht, genoss eine ausgezeichnete Schulbildung und verschrieb sich nach seinem Militärdienst, bei dem er mit der Fliegertruppe in Kontakt gekommen war, ganz der Fliegerei. In den zwanziger und dreißiger Jahren war er als Pilot für verschiedene zivile Fluggesellschaften tätig, sammelte Flugerfahrung in Europa, Afrika sowie Süd- und Nordamerika und stellte 1939 einen Rekord für die Überquerung des Atlantiks auf. Gleichzeitig widmete er sich der Schriftstellerei; viele seiner Werke kreisen um das Erlebnis des Fliegens („Südkurier“, „Nachtflug“, „Wind, Sand und Sterne“). Im Zweiten Weltkrieg emigrierte er nach der Besetzung Frankreichs zunächst in die USA, kehrte jedoch am Tag der Landung der Alliierten in Nordafrika 1944 zurück. Seit einem Aufklärungsflug über der Küste Korsikas am 31. Juli 1944 ist er verschollen; die Ursache des Absturzes ist ungeklärt.
Im Kapitel „Durst“ seines Buches „Wind, Sand und Sterne“ (1939) beschreibt Saint-Exupéry ein Abenteuer, das dem Bertrams in vielen Punkten ähnelt. Auch er verflog sich während eines Nachtflugs im Jahr 1935; nach einer Bruchlandung in der Sahara standen er und sein Bordmechaniker Prévot der gleichen Situation gegenüber wie drei Jahre zuvor Bertram und Klausmann in Australien: der Aufgabe, in einer feindlichen Natur zu überleben. Fesselnd erzählt der Autor von den verzweifelten Tagen und Nächten bis zur glücklichen Rettung durch vorüberziehende Beduinen.

Am frühen Morgen konnten wir auf den Flügeln unserer Maschine ein wenig Wasser mit Lappen zusammenwischen. Es stand nicht hoch im Glas und war mit Farbe und Öl widerlich gemischt. Wir haben es aber doch getrunken. Zumindest die Lippen waren feucht.

Nach diesem Gelage sagte Prévot: „Zum Glück haben wir noch den Revolver."

Diese Äußerung brachte mich sofort in Harnisch, und ich wandte mich mit bösartiger Feindseligkeit nach ihm um. Nichts wäre mir ekelhafter gewesen, als eine Gefühlsduselei in diesem Augenblick. Jetzt mußte unbedingt alles einfach sein, das verlangte ich. Geborenwerden ist einfach, Wachsen ist einfach; auch Verdursten ist einfach.

Ich schielte lauernd auf Prévot, innerlich bereit, ihm nötigenfalls kränkende Worte an den Kopf zu werfen, die ihm den Mund stopften. Aber er hatte ganz ruhig gesprochen, wie man von einer harmlosen alltäglichen Sache spricht, fast wie wenn er gesagt hätte: Wir wollen uns die Hände waschen. Da waren wir wieder einig. Denn ich hatte tags zuvor denselben Gedanken gehabt, als ich das Halfter sah. Aber meine Gedanken waren kalt vernünftig gewesen und nicht feierlich tragisch. Groß und tragisch ist überhaupt nur die menschliche Tatsache, daß wir die nicht beruhigen können, für die wir verantwortlich sind – aber nicht der Revolver.

Noch immer suchte uns niemand oder besser gesagt, man suchte uns zweifellos anderswo, wohl in Arabien. An diesem Tage bekamen wir auch später kein Motorengeräusch zu hören. Das geschah erst, als wir unser Flugzeug längst verlassen hatten, und da ließ uns dieser einmalige Vorbeiflug gleichgültig. Wir waren ja nur winzige schwarze Punkte in der Wüste und hatten gar keinen Anspruch darauf, gesehen zu werden. Nichts von allen den Gefühlen kam in uns hoch, von denen man meinen sollte, daß sie bei solchen Gelegenheiten aufstiegen. Ich litt nicht einmal; es war

wirklich, als ob die Retter in einer anderen Welt schwebten.
[...]

Neunzehn Stunden lebt man hier ohne Wasser. Und was haben wir seit gestern abend gehabt? Einige Tropfen Tau bei Morgengrauen. Aber der gütige Nordostwind weht immer noch und verzögert die Verdunstung ein wenig. Er läßt die hohen Wolkenbauten am Himmel erstehen. Wenn die nur zu uns kämen, wenn es nur regnen wollte. Aber in der Wüste regnet es nie.

„Prévot, trennen wir doch einen Fallschirm auf. Wir breiten die Dreiecksbahnen auf die Erde und belasten sie mit Steinen. Wenn der Wind nicht umschlägt, können wir am Morgen die Tücher auswinden und Tau in einem Benzintank sammeln."

Und bald lagen sechs weiße Tücher unter den Sternen, und Prévot hatte einen Tank abmontiert. Nun brauchten wir nur noch auf den Morgen zu warten.

Prévot hatte unter den Trümmern noch eine Apfelsine entdeckt, und dieses unverhoffte Wunder teilten wir uns jetzt. Ich war völlig aus der Fassung, so wenig es für Leute war, die zwanzig Liter Wasser brauchten. Ich ruhte neben dem Lagerfeuer und sah mir die leuchtende Frucht an. Die Menschen wissen nicht, was eine Apfelsine ist! Weiter und weiter flogen die Gedanken: Wir sitzen hier, zum Tode verurteilt, und doch verdirbt mir diese Gewißheit nicht den Genuß. Diese halbe Apfelsine in meiner Hand ist eine der größten Freuden meines Lebens. Ich lege mich auf den Rücken, ich lutsche meine Frucht aus und zähle die Meteore. Für diese Minute bin ich restlos glücklich. Man kann die Welt nur nach dem verstehen, was man erlebt. Jetzt erst begreife ich die Zigarette und den Kognak des zum Tode Verurteilten. Vorher wollte es mir nicht in den Kopf, daß er diese Lappalien annimmt und sichtlich mit Genuß verzehrt. Man sieht gewöhnlich ein Zeichen von Mut darin, daß er lächelt. Dabei hat er nur gelernt, die Welt anders anzusehen, und macht sich aus seiner letzten Stunde noch ein Stückchen Menschenleben.

Wir haben Riesenmengen Wasser gesammelt, an zwei Liter! Es gibt keinen Durst mehr! Wir sind gerettet, wir bekommen zu trinken!
Mit tiefem Jubel schöpfte ich einen Becher aus meinem Tank. Aber das Wasser war gelbgrün und schmeckte schon beim ersten Schluck so entsetzlich, daß ich trotz des quälenden Durstes erst Atem holen mußte, ehe ich ihn runterschlucken konnte. Ich hätte Schlamm getrunken; aber dieser giftige Metallgeschmack war stärker als mein Durst.
Ich sah mich nach Prévot um. Er ließ die Augen rundum gehen, als ob er etwas suchte. Plötzlich bückte er sich und erbrach sich, ohne aufzuhören, sich im Kreise zu drehen. Eine halbe Minute später war ich daran. Ich wurde von solchen Krämpfen gepackt, daß ich in die Knie sank und mit in den Sand gekrallten Fingern weiterspuckte. Keiner brachte ein Wort heraus, und eine Viertelstunde blieben wir so an den Boden genagelt, obgleich nur noch ein bißchen Galle kam.
Endlich hatten wir wieder Frieden, und ich fühlte nur noch ein unbestimmtes Übelsein. Aber unsere letzte Hoffnung war dahin. Ich weiß nicht, ob dieser Fehlschlag einer Tränkung des Fallschirms oder einem Niederschlag von Tetrachlormethan im Tank zuzuschreiben war. Wir hätten einen anderen Speicher oder andere Tücher gebraucht.
Aber nun hieß es eilen, es war schon heller Tag. Wir wollten diesem verwünschten Hochland entrinnen und kräftigen Schrittes bis zum Zusammenbrechen marschieren. Ich folgte dem Beispiel Guillaumets in den Anden. Ich mußte seit dem Tage zuvor viel an ihn denken. So brach ich denn die Vorschrift, die lautet, beim Wrack des Flugzeugs zu bleiben. Hier suchte uns doch niemand mehr.
[…]

Die Erde strahlt ihre Wärme schnell aus in dunstfreier Luft. Es war recht kalt. Ich erhob mich und ging umher, aber bald erfaßte mich ein unerträgliches Zittern. Mein eingedicktes Blut lief langsam durch die Adern, eisige Kälte durchdrang mich, die mehr war als die Kälte der Nacht. Meine Kiefer klapperten, und mein ganzer Körper wurde von Zuckungen heimgesucht. Ich konnte die elektrische Lampe nicht mehr gebrauchen, so sehr schütterte sie mir in der Hand. Ich fror sonst durchaus nicht leicht, und nun sollte ich hier frieren; welche Wirkungen des Durstes!

Meinen Gummimantel hatte ich irgendwo weggeworfen, weil er mir in der Hitze nur lästig war. Nun wurde der Wind immer schlimmer, und die Wüste bietet keine Deckung. Tags schenkte sie keinen Schatten, nachts lieferte sie einen nackt dem Wind aus. Kein Baum, keine Hecke, kein Stein bot mir Schutz. Der Wind griff mich an wie Reiterei im freien Gelände. Ich sah mich überallhin nach Fluchtgelegenheiten um, ich legte mich hin und stand wieder auf. Liegend wie stehend empfing ich die Schläge der eisigen Peitsche. Laufen konnte ich nicht mehr, die Kräfte versagten. Ich konnte den Mördern nicht mehr entrinnen und warf mich auf die Knie, das Gesicht in den Händen vergraben, des Todesstreiches gewärtig.

Dann riß ich mich zusammen, stand auf und ging kältebebend immer geradenwegs vor mich hin.

Wo war ich denn? Ich war ja weggegangen! Hinten rief Prévot. Seine Rufe haben mich zur Besinnung gebracht.

Ich ging zurück zu ihm, noch immer vom Zittern geschüttelt, das den ganzen Körper herumwarf. Ich mußte mir sagen: Das ist nicht die Kälte, das ist schon etwas anderes; es ist das Ende. Ich war eben schon zu ausgetrocknet, und ich war zu weit gegangen, vorgestern, gestern allein und heute!

Es ging mir aber gegen den Strich, an Kälte draufzugehen. Die Wahngebilde waren mir lieber gewesen, das Kreuz auf

dem Hügel, die beiden Araber, die drei Lampen. Das war schließlich irgendwie reizvoll und spannend. Aber gepeitscht zu werden wie ein Sklave ist nicht schön.
Da lag ich denn wieder auf den Knien.
Wir hatten etwas Medizin mitgenommen, hundert Gramm reinen Äther, hundert Gramm neunzigprozentigen Alkohol und ein Fläschchen Jod. Ich versuchte, einige Schlucke reinen Äther zu trinken; es war, als ob ich Messer schluckte. Dann wagte ich mich an den neunzigprozentigen Alkohol; aber er verschloß mir die Kehle.
Ich grub mir ein Loch in den Sand, legte mich hinein und bedeckte mich mit Sand. Nur das Gesicht sah heraus. Prévot hatte einige Reiser entdeckt und ein recht kurzlebiges Feuer entzündet. Er wollte sich nicht in den Sand eingraben und trat lieber von einem Fuß auf den anderen. Ich fand, daß er unrecht hatte. Meine Kehle war noch immer beengt, und das bedeutete nichts Gutes. Trotzdem fühlte ich mich besser, denn ich war ganz ruhig, viel ruhiger, als ich je zu hoffen gewagt hatte. Unfreiwillig ging ich auf die Reise, festgebunden auf meinem Sklavenschiff unter den Sternen. Aber ich war kaum noch unglücklich. Wenn ich kein Glied rührte, spürte ich die Kälte gar nicht. So ließ ich denn meinen schlafenden Leib dort unterm Sande. Sich nie mehr bewegen, nie mehr leiden! Übrigens litt ich tatsächlich kaum. Allen Schmerz übertönte die Musik der Erschöpfung und des Fieberwahns. Alles wurde zu einem Bilderbuch, zu einem grausigen Märchen. Eben noch hatte mich der Wind gejagt, und ich war wie ein gehetztes Tier umhergesprungen, um ihm zu entgehen. Dann hatte ich Mühe gehabt zu atmen. Jemand hatte auf meiner Kehle gekniet, und ich hatte mit dem Würgengel gerungen. Allein war ich in der Wüste keinen Augenblick gewesen. Jetzt aber glaubte ich an nichts mehr, was ich um mich sah. Ich zog mich in mich selbst zurück, schloß die Augen und rührte kein Glied. Der Wirbelwind der Bilder riß mich mit. Aber er führte mich

ruhigen Träumen zu. Der reißende Strom fand Frieden im Meer. Lebt wohl, ihr Lieben! Ich kann nichts dafür, daß der Mensch nicht mehr als drei Tage ohne zu trinken auskommen kann. Ich ahnte es nicht, daß ich so an die Brunnen gebunden war, daß unsere Freiheit an einem so kurzen Faden hängt. Ich meinte immer, so vor mich hinstürmen zu dürfen. Ich wähnte frei zu sein; und da hängt man an der Erde durch ihre Wasseradern wie die Frucht an der Mutter durch die Nabelschnur. Ein Schritt zu weit ab heißt Tod.
Mir tut nichts leid, als daß ihr nun traurig sein müßt. Genau genommen habe ich es besser gehabt. Wenn ich diesmal davonkäme, ich finge mein Fliegerleben nochmals an. Ich muß leben, und in den Städten gibt es kein menschenwürdiges Dasein.
Mir geht es nicht um die Sache der Fliegerei. Für mich ist das Flugzeug kein Zweck, es ist ein Mittel. Mein Leben schlage ich nicht für die Fliegerei in die Schanze, so wenig wie der Bauer für den Pflug arbeitet. Aber mit dem Flugzeug verläßt man die Städte und ihre seelenlose Rechnerei und findet auf anderem Wege die bäuerliche Wahrheit wieder. Man lebt mit Winden, Sternen, Nacht und Sand, arbeitet als Mensch und sorgt sich als Mensch. Man mißt sich mit den Kräften der Natur und wartet auf den neuen Tag wie der Gärtner aufs Frühjahr. Man ersehnt den Flughafen wie ein gelobtes Land und sucht seine Wahrheit in den Sternen.
Ich will nicht klagen. Seit drei Tagen bin ich viel gegangen, habe Durst gelitten, bin Fährten im Sande gefolgt und habe aus dem Morgentau Hoffnung gezogen. Ich habe andere Wesen meiner Art gesucht, von deren Wohnstätten auf der Erde ich mich verirrt hatte …
Doch das sind Sorgen für Lebende. Jetzt kommt mir all das kaum wichtiger vor als die Frage, ob man den Abend im Casino de Paris, im Moulin Rouge oder in den Folies Bergères verbringt.
Ich verstehe die Leute in den Pariser Vorortzügen nicht

mehr, die glauben, Menschen zu sein. Ameisen sind sie, von einem ihnen unbewußten Zwang zum Werkzeug herabgewürdigt. Was mögen sie mit ihren kleinen Sonntagen anfangen, wenn sie frei haben?

Ich bin glücklich in meinem Beruf. Der Vorortzug bedeutet mir zehnmal mehr Tod als das Sterben hier. Eigentlich haben wir doch ein prächtiges Leben.

Ich bereue nichts. Ich habe gespielt und verloren. Aber ich habe den Wind auf freier See atmen dürfen. Das vergißt niemand, dem es einmal vergönnt war. Nicht wahr, Kameraden? Wir suchen ja nicht die Gefahr. Das ist Wichtigtuerei; mit den Stierkämpfern habe ich nichts gemein. Nein, ich suche nicht die Gefahr; ich weiß, was ich suche: ich suche das Leben.

Der Westwind weht, der den Menschen in neunzehn Stunden ausdörrt. Noch ist mein Schlund offen, aber schon hart und schmerzhaft. Ein leises Rasseln kann ich auch schon vernehmen. Bald kommt der Husten, den man mir beschrieben hat und auf den ich schon lange warte. Meine Zunge ist mir im Wege. Das Schlimmste aber ist, daß ich leuchtende Flecken sehe. Wenn diese zu Flammen werden, stürze ich zusammen.

Wir gehen schnell, um die Kühle des jungen Tages auszunützen. Wir wissen wohl, daß wir in der hellen Sonne nachher nicht mehr weiterkönnen. In der hellen Sonne …

Wir dürfen nicht mehr schwitzen, wir dürfen keine Zeit verlieren. Denn selbst diese Kühle hat nur achtzehn Prozent Luftfeuchtigkeit; der Wind mit seiner verlogenen Liebkosung kommt aus der Wüste. Unser Blut verdunstet!

Ich fühle keinen Hunger, nur Durst. Dabei hatte ich so gut wie nichts zu essen gehabt, am ersten Tage einige Trauben, seitdem eine halbe Apfelsine und etwas Kuchen. Für mehr Nahrung hatten wir keinen Speichel gehabt. Der Durst aber ist allmächtig, eher noch die Folgen des Durstes: die harte Kehle, die Zunge aus Gips, das Rasseln im Schlund und ein ekliger Geschmack im Mund. Das sind mir neue Empfindungen, und zunächst bringe ich sie in keine Verbindung mit dem Wasser, das sie heilen könnte. Der Durst wird immer mehr zur Krankheit, und immer weniger ist er ein natürliches Verlangen.

Schon will es mir scheinen, daß der Gedanke an Früchte und Quellen weniger herzzerreißend ist. Ich habe schon fast vergessen, wie freundlich die Apfelsine leuchtete. Ich habe alle Sehnsucht vergessen. Ich vergesse vielleicht alles.

Einen Augenblick haben wir gerastet, nun geht es weiter. Wir verzichten auf große Marschabschnitte und sinken alle halben Kilometer erschöpft nieder. Ich genieße es jedesmal, mich auszustrecken. Aber wir müssen weiter.

Die Landschaft verändert sich, die Steine werden seltener, und wir gehen auf Sand. Zwei Kilometer vor uns beginnen die Dünen mit einigen Anzeichen kleinen Pflanzenwuchses. Der Sand ist doch besser als dieser stählerne Panzer. Er ist die blonde Wüste, meine Sahara, die ich kenne und liebe.

Jetzt müssen wir schon alle zweihundert Meter rasten. Aber wir wollen weiter, zumindest bis zu den Büschen.

Die sollten die letzte Grenze sein, machten wir aus. Später, als wir im Kraftwagen unseren Spuren entlangfuhren, um den Simoun zu bergen, konnten wir feststellen, daß dieser letzte Ausmarsch achtzig Kilometer betragen hat. Ich war also an die zweihundert gegangen. Wie konnte ich da weiter?

Gestern ging ich ohne Hoffnung; heute hat dieses Wort seinen Sinn verloren. Wir gehen, weil wir gehen, wie die Ochsen im Pflugjoch.

Gestern träumte ich von paradiesischen Apfelsinenwäldern, heute kenne ich kein Paradies mehr. Ich glaube nicht mehr an Apfelsinen.

Nichts mehr fühle ich in mir als Dürre des Herzens. Ich werde fallen und keine Verzweiflung spüren, nicht einmal Kummer. Das kränkt mich, denn die Fähigkeit, Kummer zu

fühlen, wäre mir eine Wohltat wie Wasser. Ich bemitleide mich und bedaure mich wie ein Freund. Aber ich habe keinen Freund mehr auf der Welt.
Wenn mich die Leute mit meinen entzündeten Augen finden, dann werden sie sich einbilden, daß ich laut gerufen und viel gelitten habe. Aber jeder Aufschwung, jeder Schmerz, alles bewußte Leiden wären Reichtümer für meine vertrocknete Seele. Ich habe ja gar nichts mehr. Wenn einem Mädchen seine erste Liebe stirbt, dann hat es doch noch seinen Schmerz und seine Tränen, einen zuckenden Ausdruck von Leben. Ich, ich habe keinen Schmerz mehr.
Ich bin schon eins mit der Wüste. Ich bringe keinen Speichel mehr hervor und auch keine Bilder, nach denen ich mich sehnen könnte. Die Sonne hat den Quell der Tränen ausgetrocknet.

Doch was sehe ich? Ein Hoffnungshauch geht über mich wie ein Windstoß über das Meer. Etwas hat mein triebhaftes Erkennen getroffen, noch ehe es mir bewußt geworden ist. Nichts hat sich verändert und doch ist alles anders. Das Bahrtuch des Sandes, diese flachen Hügel mit Ahnungen von Pflanzenwuchs sind nicht mehr eine tote Landschaft. Sie sind eine Bühne, zwar noch leer, aber für das Schauspiel bereit. Ich sehe Prévot an; auch er hat staunend den gleichen Schlag erhalten, ohne ihn deutlich zu verstehen.
Gleich muß etwas geschehen, sage ich euch.
Die Wüste lebt, sage ich euch. Diese Leere, dies Schweigen sind bewegter als ein Volksgedränge auf offenem Markt.
Rettung – Spuren im Sand!

3.3 Hans Bertram: „Sein letzter Flug“

Hans Bertram fühlte sich Saint-Exupéry wesensverwandt. Im Kapitel „Sein letzter Flug“ seines Buches „Götterwind“ (1980) setzte er diesem mit einem fiktiven, die wichtigsten Stationen von Saint-Exupérys Fliegerleben nachvollziehenden Zwiegespräch ein poetisches Denkmal. Bei den „Antworten“ des Franzosen handelt es sich jeweils um Zitate aus dessen Werken.

Ich möchte mit dir sprechen, Saint-Ex, von Flieger zu Flieger und von Mensch zu Mensch. Denn da ist vieles, was du weißt und ich noch nicht. Ich möchte vor allem den Weg zu den Sternen finden, den du gefunden hast und gegangen bist.

Du lebst jetzt in den Sternen, Freund aller Flieger und Menschen, und ich weiß, dass du dich der Kameraden annimmst, die Flieger waren wie du, die jetzt tot sind wie du und die den Weg zu den Sternen vielleicht noch nicht gefunden haben.

Denn dahin ist es eine schwere Navigation und man muss mehr wissen als Windrichtung und Abtrift.

Aber auch du hast ja erst suchen müssen, bis es soweit war und du den Kompasskurs wusstest. Als du ihn wusstest, bist du zu deinem letzten Flug gestartet.

Ich werde versuchen deinem Fliegerleben nachzuspüren, um den Kompasskurs zu finden, den du geflogen bist.

*

Am Anfang seines Fliegerlebens war der Wind, der die zerbrechlichen Flugzeuge jener Tage packte und sie umherwirbelte wie ein welkes Blatt.

Den Sturmwind gibt es auch heute noch, es gibt aber keinen

Wind mehr, der schneller ist als ein Flugzeug. Das gab es damals und ich habe es erlebt, dass ich rückwärts flog, als ich eines Tages gegen einen Nordwest anfliegen wollte.
[…]

*

Nach dem Wind lernten wir den Sand kennen, die Wüste und den Durst.
Wir waren Gefangene des Sandes und glaubten, um die besten Jahre unseres Lebens betrogen zu sein, bis uns später klar wurde, dass unser Leben nie schöner war als in der Sehnsucht der Einsamkeit, die uns die Wüste gab.
„Unser Hauptmann hatte sich aus Frankreich drei Kisten wirkliche Erde kommen lassen, die viertausend Kilometer weit gereist war. Darin pflegte er drei grüne Kräutlein, deren Blätter wir mit dem Finger streichelten wie große Kostbarkeiten. Wenn der Hauptmann von dieser Anlage sprach, nannte er sie seinen Park. Und wenn der Sandsturm wehte und alles ausdörrte, wurde der Park vorsorglich in den Keller gesetzt.“
Ja, wir hatten Durst nach Grün und Wasser, aber der nach Wasser war schlimmer.
„Wir hatten einen ganzen Tag Durst gelitten und spürten plötzlich, dass die Wasser des altbekannten Brunnens ständig fließen.“
Das war es, Saint-Ex: wir lernten in der Wüste die Schätze der fernen Heimat kennen, so auch den Segen des Regens.
„Wenn es irgendwo geregnet hatte, belebte eine wahre Völkerwanderung die Sahara. Der kleinste Tropfen lockt aus dem Sande den grünen Funken eines Grashalms. Die Stämme ziehen dreihundert Kilometer weit, um zur Stelle zu sein, wenn das Gras wächst.“
[…]
In meinem Land an der Timorsee, wo keine Früchte wachsen, spendet der Himmel nur auf wenige Tage im Jahr den

Regen. Die durstige Erde versteckt dann das Wasser so gut in Tümpeln auf hartem Gestein, dass es die Sonne nicht findet. So konnten auch wir es nicht finden, als wir … Aber erzähl du zuerst die Geschichte der drei Mauretanier, die als Gäste deiner Fluglinie nach Frankreich kamen.

„Sie waren vom Stamme derer, die ich einmal nach Senegal geflogen hatte und die dort weinten, als sie Bäume erblickten. Sie hatten ja nie einen Baum und nie eine Quelle, ja nicht einmal eine Blume gesehen. Nur aus dem Koran hatten sie erfahren, dass es Gärten gibt, in denen Bäche fließen. Denn so beschreibt der Koran das Paradies."

Nun kamen sie als Gäste ins Paradies und standen eines Tages vor einem Wasserfall. Sie kosteten das Wasser: es war süß! Welche Verschwendung für die Männer der Wüste, wo Wasser sein Gewicht an Gold wert ist.

„Stumm und ernst schauten sie dem Ablauf dieses erhebenden Schauspiels zu. Hier lief aus dem Bauch des Berges das Leben selbst. Der Ertrag einer Sekunde hätte ganze verschmachtende Karawanen zum Leben erweckt, die ohne ihn auf Nimmerwiedersehen in der unendlichen Weite der Salzseen und Luftspiegelungen dahingegangen waren. Hier zeigt sich Gott sichtbar. Unmöglich war es, einfach gleich weiterzugehen. Gott hatte die Schleusen seiner Macht geöffnet. Ehrfurchtsvoll standen die drei vor dem Wunder."

Der Führer, der sie zum Wasserfall gebracht hatte, sagte:

„Weiter ist hier nichts zu sehen. Kommt!"

„Wir müssen warten!"

„Worauf denn?"

„Bis es aufhört."

Als sie hörten, dass es nicht aufhört, konnten sie es nicht fassen.

„Weißt du, der Gott der Franzosen …"

Mehr sagten sie nicht und kehrten in ihre Wüste zurück, um Tagesmärsche von Brunnen zu Brunnen zu ziehen, wo sie erst den Sand wegkratzen mussten, um zu ihrem Wasser zu kommen.

Als ich aus der Wüste zurückkam, öffnete ich einen Wasserhahn und ließ mir das Wasser in den Mund laufen. Als ich nicht mehr trinken konnte, ließ ich das Wasser weiterlaufen, stand davor und dachte, wie schön das Leben sei …

Wir hatten vierzig Tage gehungert, das war schlimm, und der Körper war nahezu tot – doch als wir sieben Tage ohne Wasser waren, war das unvergleichlich schlimmer und wir verloren beinahe den Verstand.

„Die Beduinen, die Reisenden und die Kolonialoffiziere sind sich darüber einig, dass man neunzehn Stunden ohne zu trinken auskommen kann. Von der zwanzigsten Stunde an sehen die Augen ein flammendes Leuchten und das bedeutet das Ende. Das Leben verdunstet hier wie Dampf."

Die neunzehn Stunden gelten für die libysche Wüste, Saint-Ex, wegen der geringen Luftfeuchtigkeit. Bei uns, an der Küste der Timorsee, war die Luft feucht genug, aber sie war mit Salz vom Meerwasser geschwängert und deshalb gefährlich – und die unendlichen Wassermassen des Meeres, von dem wir nicht trinken durften, waren so schlimm wie deine Luftspiegelungen.

„Ich marschierte mit gesenkten Augen, denn von Luftspiegelungen hatte ich genug."

Du konntest marschieren, Saint-Ex, weil dein Sand hart war; der unsere war weich und wir rutschten einen Schritt zurück, wenn wir zwei Schritte gingen. So schafften wir nur sieben Kilometer am Tage, während Sonne und Wind die letzte Feuchtigkeit aus dem Körper holten.

„Unser Wind mit seiner verlogenen Liebkosung kam aus der Wüste. Er hatte nur achtzehn Prozent Feuchtigkeit, unser Blut verdunstete!"

So war es auch bei uns, und nachts froren wir jämmerlich.

„Ich grub mir ein Loch in den Sand, legte mich hinein und bedeckte mich mit Sand. Nur das Gesicht sah heraus. Ich schloss die Augen und rührte kein Glied."

Auch wir gruben ein Loch in den Sand, aber wir fanden keine Ruhe. Uns überfielen die Moskitos, die in diesem Land bei Tage in den Tümpeln sitzen und nicht zu sehen sind, um nachts auf Raub auszugehen. Ihre Beute war unser Blut, das sie aus einem Arm saugten. Denn als wir uns mit Sand zudeckten, brachten wir es nicht fertig, am Ende auch den rechten Arm unter Sand zu stecken, nachdem wir mit der rechten Hand den Sand geworfen hatten. So saßen die Moskitos auf dem rechten Arm, für den wir nichts anzuziehen hatten, da wir keine Kleider mehr besaßen. Die Kleider hatten wir beim Durchschwimmen einer Bucht verloren, wir waren nackt.

Du konntest in deinem Sandgrab auch die Sterne sehen, Saint-Ex, wenn du die Augen öffnetest; wir sahen sie nicht, da wir das Gesicht mit dem Tropenhelm schützen mussten. Ohne die Sterne waren wir im Finstern und in einer erbärmlichen Not …

Bis wir Wasser fanden! Dir gab es ein Beduine aus Libyen, mir gab es mein Flugzeug, zu dem ich zurückkam und in dessen Motorkühler noch Kühlwasser war, schmutzig und ölig – aber es war Wasser, was brauche ich dir mehr zu sagen: es war am siebten Tage, wir waren sieben Tage ohne Wasser …

Sag uns mit deinen Worten, Saint-Ex, was Wasser ist.

„Wasser, du hast weder Geschmack noch Farbe, noch Aroma. Man kann dich nicht beschreiben. Man schmeckt dich, ohne dich zu kennen. Es ist nicht so, dass man dich zum Leben braucht: du selbst bist das Leben! Man hängt an der Erde durch ihre Wasseradern wie die Frucht an der Mutter durch die Nabelschnur. Wasser, du bist der köstlichste Besitz dieser Erde. Du schenkst uns ein unbeschreiblich einfaches und großes Glück.“

[…]

Wir fliegen wieder in zehntausend Meter Höhe, wieder über dem Rhônetal, jetzt Kurs Süd, Richtung Mittelmeer. Die Reihenbildkamera ist eingeschaltet und registriert mit ihrer Netzhaut, die schärfer ist als unsere, den Feind auf Frankreichs Boden. Wir fliegen direkt auf die Sonne zu, denn es ist nun bald Mittag. Die Sonne blendet uns, das ist gefährlich, wenn der Jäger irgendwo wartet … Fürchtest du den Tod, Saint-Ex?

„Den Tod? Nein. Er ist kein Tod mehr, wenn du ihm begegnest.

Du stirbst nicht. Es ist der Körper.

Mit fünfzehn Jahren habe ich meine erste Lektion empfangen: Ein jüngerer Bruder von mir wurde seit einigen Tagen aufgegeben. Eines Morgens gegen vier Uhr lässt er mich rufen. Er sagt:

'Ich wollte mit dir sprechen, bevor ich sterbe. Ich werde sterben.'

Eine Nervenkrise krampft ihn zusammen und verschlägt ihm seine Stimme. Während der Krise winkt er ab mit der Hand. Und ich verstehe die Geste nicht. Ich bilde mir ein, dass das Kind den Tod von sich weist. Nachdem er sich aber wieder beruhigt hat, erklärt er mir:

'Hab keine Angst … Ich leide nicht. Es tut mir nicht weh. Es ist mein Körper.'

Das sagte mir mein jüngerer Bruder: 'Es ist mein Körper.'

Den Tod fürchten? Nein. Du stirbst nicht. Es ist der Körper…“

Jetzt ist es Zeit, dass ich dir von meinem Wunder erzähle, Saint-Ex, bevor wir zu Hause sind. Wir sind schon bald über der Küste, dann ist es nicht mehr weit …

Es war in Australien, wo ich hungerte und durstete und Gott fand. Nur das Leben fand ich nicht, obwohl ich es überall suchte. Bis der Körper vor Schwäche nicht mehr mitmachte, weil ich ihm nichts zu essen gab, vierzig Tage nicht.

Als wir nicht mehr gehen konnten, mein Kamerad und ich,

suchten wir uns einen Platz zum Sterben. Wir waren ganz ruhig und wollten nur einen geschützten Platz. So fanden wir unsere Höhle, sie war offen nach Osten, Norden und Westen, so dass wir die Sonne vom Anfang bis zum Untergang sehen konnten. Wir sahen immer in die Sonne, Saint-Ex, sie blendete uns so wie heute … Pass auf den Jäger auf, während ich erzähle.

Wir sahen in die Sonne, weil sie das Leben gibt, das wir suchten. Und nachts machten wir ein Feuer in der Höhle, um das Leben in der flackernden Flamme zu sehen … Merkwürdig, Saint-Ex, du hast mir nie vom Feuer erzählt. Du sagtest einmal, der Flieger verteidigt seine Post gegen die drei Naturgottheiten Berg, Meer und Sturm … Du hast das Feuer vergessen, Saint-Ex, hast du nie daran gedacht, am Himmel brennen zu können – wie ein flammender Komet …

Nun, wir suchten ja auch nicht den Tod im Feuer unserer Höhle, sondern das Leben. Die flackernde Flamme erzählte uns, wie es war. Und wir schliefen vier Tage und Nächte nicht, denn wir wollten das Leben sehen, solange wir noch sehen konnten …

Wir sind über der Küste, Saint-Ex, die Sonne blendet so, dass man es kaum sieht. Du kannst dein Bildgerät abschalten, Frankreich liegt hinter dir, du hast dein Tagewerk vollbracht. Jetzt noch das Meer, das weite Wasser, auf dem die Sonne tausendfach funkelt …

So wie bei uns. Auch vor unserer Höhle war das Meer. Und die Brecher der Brandung dröhnten in den Felsen wie Glocken.

Wir beteten, weil wir jetzt sterben würden – wie würdest du beten, Saint-Ex, wenn du sterben müsstest?

„Herr, ich komme zu Dir, denn ich habe in Deinem Namen den Acker bestellt. Dein ist die Saat.“

… Wir beteten das Vaterunser und sahen noch einmal zur

Sonne hin, die eben aufging. Wir wollten noch einmal das Leben sehen … und wir sahen in der aufgehenden Sonne auf dem Felsen am Meer einen Menschen stehen – der sah auch uns, er war nackt und schwarz, er hatte einen Fisch in der Hand, als er zu uns kam …
Das ist das Wunder, das ich dir erzählen musste, bevor wir zu Hause sind, Saint-Ex …
Saint-Ex … Wo bist du …? Saint-Ex …
Nichts mehr. Der Himmel ist leer.

*

So ging Saint-Ex – und ich hatte noch eine Frage an ihn, mit der ich nicht fertig wurde und die ich nicht beantworten konnte. Vielleicht wusste er die Antwort. Ich wollte ihn fragen: wie sind die Kameraden gestorben, die nicht an Gott glaubten in ihrer letzten Stunde? Ich weiß von vielen und ich habe ihre letzten Briefe gelesen, die sie in der Stadt an der Wolga schrieben, in der sie eingeschlossen waren. Sie froren, sie hungerten, sie waren jung, sie wollten leben, sie mussten sterben …
Wie sind sie gestorben, Saint-Ex …?

Nichts mehr. Der Himmel ist leer.
War es der Jäger, der Motor, das Atemgerät, das Herz …
Ich weiß es nicht, ich weiß nur, dass Antoine de Saint-Exupéry den Kompasskurs zu den Sternen wusste, als es soweit war.

4. Unterrichtsanregungen

4.1 Kalendarium des Überlebenskampfes

Die Schüler klären den *Handlungsverlauf*, indem sie im folgenden Kalendarium die Erlebnisse Bertrams und Klausmanns in den sechs Wochen bis zu ihrer Rettung eintragen:

Woche	Datum	Tag des Abenteuers	Unternehmungen/ Erlebnisse der Verschollenen
	Di., 29. 2. 1932		Start der „Atlantis" in Köln mit dem Piloten Hans Bertram und dem Bordmechaniker Adolf Klausmann nach Australien und China
	Fr., 13. 5.		Ruhetag auf der indonesischen Insel Bima
	Sa., 14. 5.		Weiterflug nach Kupang auf der Australien nordwestlich vorgelagerten Insel Timor
	Sa./So., 14./15. 5.		Nachtflug über die Timorsee mit Ziel Port Darwin (Abflug 0.00 Uhr)
	So., 15. 5.	1	Notlandung gegen 7.00 Uhr morgens am Ufer des Kimberley-Districts (vermuteter Landeort: Insel Melville nördlich von Port Darwin); 10-minütiger Weiterflug nach Norden entlang der Küste; zweite Notlandung in einer Bucht am Cape Bernier
1	Mo., 16. 5. Di., 17. 5. Mi., 18. 5. Do., 19. 5. Fr., 20. 5. Sa., 21. 5. So., 22. 5.	2 3 4 5 6 7 8	
2	Mo., 23. 5. Di., 24. 5. Mi., 25. 5. Do., 26. 5. Fr., 27. 5. Sa., 28. 5. So., 29. 5.	9 10 11 12 13 14 15	

4.2 Synoptische Übersicht über die verschiedenen Rettungsversuche

Datum	Tag	Suche aus der Luft	Suche zur See	Suche auf dem Landweg von Forrest River aus	Suche auf dem Landweg von Drysdale River aus
1.6.	18				Eingeborene der spanischen *Missionsstation Drysdale River* finden in der Nähe der Notlandebucht Fußspuren, ein Zigarettenetui und ein Taschentuch. Father Cubero benachrichtigt die Polizei in Wyndham vom Fund und beauftragt mehrere Trupps von Eingeborenen mit der Suche nach den Vermissten.
13. 6.	30	*Sgt. Flinders* (Polizeistation Wyndham) erhält durch Boten den Brief Father Cuberos. Flinders leitet die Nachricht an seine vorgesetzte Dienststelle weiter; von dort aus wird eine groß angelegte Suchaktion veranlasst.			
14. 6.	31	*Captain Sutcliffe* startet 1. Suchflug von Wyndham aus entlang der			

Datum	Tag	Suche aus der Luft	Suche zur See	Suche auf dem Landweg von Forrest River aus	Suche auf dem Landweg von Drysdale River aus
		Nordwestküste Richtung Drysdale River: erfolglos, wenngleich die Verschollenen das Flugzeug sehen.			
15. 6.	32	Capt. Sutcliffe unternimmt 2. Suchflug in Begleitung von Constable Marshall: Entdeckung des gesuchten Flugzeugs in der Notlandebucht; Abwerfen von Proviant.	Die Barkasse der Fa. Meatwork bricht unter Leitung von *Capt. Crane* von Wyndham aus auf: Suche entlang der Küste.	*Constable Ronan* bricht mit einem Voraustrupp (Tragtiere) nach Forrest River Mission auf.	
16. 6.	33	3. Flug von Capt. Sutcliffe: Entdeckung eines Zettels am Kabinenfenster von Bertrams Flugzeug; erfolglose Suche nach den Vermissten auf Rundflug über den Kimberleys.	Sutcliffe informiert die Barkasse vom bisherigen Misserfolg der Suche nach den zwei Verschollenen per Abwurf einer Flaschenpost in der Nähe der Notlandebucht.		

Datum	Tag	Suche aus der Luft	Suche zur See	Suche auf dem Landweg von Forrest River aus	Suche auf dem Landweg von Drysdale River aus
		– Ende des Unternehmens –			
17. 6.	34		Capt. Crane untersucht die „Atlantis“ und ihre unmittelbare Umgebung; er liest die am Kabinenfenster befestigte Nachricht Bertrams. Weiterfahrt nach Westen bis zur Übernachtung östl. v. Cape Bernier.		
18. 6.	35		Fortsetzung der Suche; Abbruch wegen Sturm; Rückkehr zur Notlandebucht.	*Const. Marshall* bricht mit einem Boot und Expeditionsausrüstung von Wyndham zur Forrest River-Mission auf. Reverend Noble und Superintendent Johnson sind bereits mit Eingeborenen auf die Suche	

Datum	Tag	Suche aus der Luft	Suche zur See	Suche auf dem Landweg von Forrest River aus …	Suche auf dem Landweg von Drysdale River aus
19. 6.	36		Fortsetzung der Suche Richtung Nordwesten, vorbei am Cape Bernier; Suche im Unterlauf des King-George-River; keine Entdeckung der Vermissten (Nieselregen).	Vorbereitung der Landexpedition durch Const. Marshall; Gerüchte von der Tötung der Vermissten durch Eingeborene. Der Voraustrupp Const. Ronans trifft ein.	
20. 6.	37		Rückkehr zur Notlandebucht, erneut an den Vermissten vorbei, ohne sie zu bemerken (Nieselregen).	Weitere Vorbereitungen durch Const. Marshall; Warten auf Rückkehr von Johnson und Noble.	
21. 6.	38		Schwere See verhindert weitere Suche.	Rückkehr von Johnson nach Forrest River Mission. Funkspruch von Sgt. Flinders mit der Mitteilung, dass Bertram und Klausmann mit Boot aufgebrochen seien. Weitere Gerüchte von der Tötung der Vermissten.	

Da-tum	Tag	Suche aus der Luft	Suche zur See	Suche auf dem Landweg von Forrest River aus …	Drysdale River aus
22. 6.	39		Abbruch der Suche wegen schlechten Wetters; Rückkehr nach Wyndham.	Aufbruch der Rettungsexpedition Marshalls zur Notlandebucht auf dem Landweg.	Ein Eingeborener eines Suchtrupps der Drysdale River Mission entdeckt die Vermissten in einer Höhle am Cape Bernier; die Nachricht wird per Boten zur Mission übermittelt.
23. 6.	40		Ankunft der Barkasse in Wyndham *– Ende des Unternehmens –*		
24. 6.	41				
25. 6.	42				
26. 6.	43			Die Expedition nähert sich der Küste.	
27. 6.	44			Eingeborene der Drysdale River-Mission überbringen Marshall einen Brief für Sgt. Flinders mit der Nachricht vom Auf-	

Datum	Tag	Suche aus der Luft	Suche zur See	Suche auf dem Landweg von Forrest River aus …	Drysdale River aus
				finden der Vermissten am Cape Bernier.	
28. 6.	45			Nachtmarsch und Auffinden von Bertram und Klausmann gegen 9.30 Uhr	
29. 6.	46			Marshall schickt per Boten Briefe mit der Nachricht von der erfolgreichen Suche nach Wyndham und Forrest River; er bittet um Entsendung eines Bootes.	
30.6.-4. 7.	47-51			Warten auf das Boot.	
5. 7.	52			Ankunft des Bootes.	
6. 7.	53			Eintreffen der Expedition mit den Geretteten in Wyndham.	

4.3 Umformen in ein Hörspiel

Der Dokumentarbericht eignet sich zur Umgestaltung in ein *Hörspiel.* Folgende Vorgehensweise bietet sich an:

- In einem ersten Schritt sind im Klassengespräch die Szenenfolge zu besprechen und festzulegen (Vorschlag: etwa zwei Buchkapitel pro Szene, insgesamt acht oder neun Szenen) sowie eine vorläufige Personenübersicht zu erstellen.
- Jede Einzelszene wird sodann von einer Schülergruppe von je drei bis vier Schülern in Dialogform und mit Regieanweisungen (Geräusche, Musik) ausgearbeitet (Vorschlag: max. fünf Minuten Dauer pro Szene).
- Die Entwürfe werden der Klasse vorgestellt (Lesen mit verteilten Rollen!) und einmal im gesamten Klassenverband besprochen. In dieser Phase sollten die Einzelszenen auch aufeinander abgestimmt werden (Szenenübergänge!).
- Die Arbeitsgruppen überarbeiten ihre Szene gemäß den Ergebnissen aus der Besprechung im Plenum.
- Die einzelnen Szenen werden mit Hilfe des Lehrers und/oder einer „Technik-Gruppe“ einschließlich der erforderlichen Geräusche und Musikuntermalung aufgenommen.
- Das fertige Hörspiel kann in Kopien an die Schüler verteilt, aber auch im Rahmen eines Klassenelternabends oder einer sonstigen Schulveranstaltung zu Gehör gebracht werden.

Als *Beispiel* und Anregung wird im Folgenden eine von Schülern einer achten Jahrgangsstufe gestaltete Szene abgedruckt; sie fußt auf dem zweiten Kapitel von Bertrams Bericht „Der erste Tag in Australien“:

(E)rzähler: Nachdem Hans Bertram und Adolf Klausmann das Flugzeug gut am Strand befestigt hatten und sich dann zur Ruhe ins Flugzeug legten, wurden sie plötzlich von einem wilden Schrei geweckt.
Schnarchgeräusche; Schrei

(B)ertram: Aaah! Addi, Addi, wach schnell auf!

(K)lausmann: Was ist denn, Hans, muss das denn sein? Ich hab grad von einem saftigen Schnitzel geträumt.

B: Das kannst du jetzt vergessen. Da draußen – der Eingeborene sieht gar nicht nett aus.

K: Was? Ein Neger? Lass den Quatsch! Mir ist gar nicht nach Späßen.

B: Aber ich mach doch keine Späße, guck doch selber hin.

K: Lass mal sehen! Huch! Du hast ja Recht. Aber was will er denn von uns?

B: Keine Ahnung. Frag ihn doch mal.

K: Das ist ne gute Idee. Wir können ihn ja mal fragen, ob er weiß, wo hier in der Nähe ein Dorf ist.

B: Na gut, einen Versuch ist es wert, obwohl mir nicht wohl bei der Sache ist.
Öffnen einer quietschenden Tür; Mücken

K: Scheiß Mücken! Hab ich dich! Aah, Mistviecher! Hallo! Verstehst du unsere Sprache?
Unverständliche Eingeborenensprache
Dann halt eben nicht!

E: Der Eingeborene zieht die Mücken wie ein Magnet an, trotzdem stört ihn das nicht. Aber Hans und Adolf werden ganz schön gepiesackt.

B: Wenn du schon nicht unsere Sprache sprichst, dann hau ab. Du ziehst doch nur alle Mücken an.

K: Ich werd uns mal die Fliegerhaube und die Fliegerbrille holen. Dann sind wir wenigstens im Gesicht vor den Biestern geschützt. Das ist ja fürchterlich!
Wühlen in einer Kiste.
Aha! Ich hab sie. Hier nimm und zieh sie auf.

B: Was für eine Erleichterung! Aber der steht ja immer noch da.

K: Umso besser, dann können wir es ja auch mal mit Handzeichen versuchen.

B: O.k., dann versuch ich es mal mit den Handzeichen, das wird bestimmt klappen. Ja, ja, komm schon näher! Warum läuft er denn jetzt weg?

K: Na toll, du Trottel. Jetzt hast'n verjagt. Das war unsere letzte Chance. Und was nun?

B: Keine Ahnung. Aber Moment – ich hab ne Idee. Vielleicht ist weiter oben am Strand eine Siedlung, wo wir auch direkt noch Benzin holen können.

K: In Ordnung, kann man versuchen. Ich werd schon mal unser Flugzeug startklar machen. In der Zeit kannst du ja alles hier aufräumen.

E: Einige Zeit später ist das Flugzeug fertig zum Abheben.

K: Hans! Beeilung! Wir können starten!

B: Bin ja schon da. Ich muss nur noch die Tür verschließen. *Schließen einer Metalltür.*
So, du kannst die Maschine jetzt hochziehen.

K: Hab verstanden. Achtung – Fertig – Los!!!
Flugzeuggeräusche.

E: Nun sind sie in der Luft und halten Ausschau nach einem Dorf.

K: Hans, ich bin so gespannt, es muss doch jeden Moment ein Dorf zu sehen sein. Pass ja auf, wenn wir das Dorf verfehlen, dann sind wir für immer verloren.

B: Das ist eigenartig. Wir fliegen jetzt schon seit fünf Minuten und immer noch kein Dorf, noch nicht mal Rauch von einer Feuerstelle ist zu sehen – nichts – rein gar nichts.

K: Aber hier muss doch irgendwo was sein. In weniger als drei Minuten müssen wir landen. Mit oder ohne Dorf!

B: Verdammt! Weit und breit ist nichts zu sehen und die Zeit ist abgelaufen.

B: Ich werde jetzt zur Landung ansetzen. Ich hoffe, die Mühle hält das noch aus, sonst sieht's schlecht aus für uns beide.

K: So, Glück gehabt! Wir haben es überstanden. Nun müssen wir erst einmal überlegen, wie es weitergeht. Ewig können wir nicht hier bleiben.

B: Lass uns erst einmal rausgehen, die Umgebung anschauen.

Öffnen der Tür

K: Hans, lass uns doch einfach das nötigste Gepäck nehmen, das Flugzeug befestigen und ins Landesinnere wandern, bis wir auf ein Dorf stoßen. Von dort holen wir dann Benzin.

B: Das ist zwar leichter gesagt als getan, aber hier herumsitzen und nichts tun ist auch keine Lösung. Aber woher sollen wir wissen, in welche Richtung wir wandern sollen?

K: Wir müssen einfach nach Rauch am Himmel gucken.

B: Ich kann nur hoffen, dass wir hier allein sind und keine böse Überraschung erleben.

E: Und so packen die beiden ihre Sachen zusammen und ziehen ins Landesinnere, auf der Suche nach einem bewohnten Dorf.

Text- und Bildquellenverzeichnis

S. 156–161: Landkarten und Fotos aus: Hans Bertram: Flug in die Hölle. © F. A. Herbig Verlagsbuchhandlung GmbH, München, Bildteil bzw. Anhang

S. 163: Foto aus: Günter Schmitt: Junkers und seine Flugzeuge. Motorbuch Verlag, Stuttgart 1986, S. 113

S. 164f.: Flugabenteuer. Aus: Heinrich Pleticha: Abenteuer Lexikon. Alles über Motive, Inhalte und Autoren alter und neuer Abenteuerbücher. © Arena Verlag, Würzburg 1978, S. 51f.

S. 166–175: Antoine de Saint-Exupéry: „Durst“. Aus: Antoine de Saint-Exupéry: Wind, Sand und Sterne. © Karl Rauch Verlag, Düsseldorf 1939 und 1956, S. 140–162 (Auszüge)

S. 176–183: Hans Bertram: „Sein letzter Flug“. Aus: Hans Bertram: Götterwind. Pioniere der Luftfahrt. © Universitas Verlag, in der F. A. Herbig Verlagsbuchhandlung GmbH, München 1980, S. 393–429 (Auszüge)

Die Idee, den Textausschnitt aus dem Buch „Hans Bertram: Flug in die Hölle“ zu veröffentlichen, kam von Margit Hasselbach. Der Hörspielauszug auf S. 191–194 basiert auf ihren Unterrichtserfahrungen.

Weitere Jugendbücher in der Reihe LESEHEFTE:

Bayer, Ingeborg:
Yamba
Klettbuch 26101 (ab Klasse 8)

Baumgärtner, Alfred C.:
Wenn die Wölfe kommen ...
Klettbuch 26209 (ab Klasse 5)

Blyton, Enid:
5 Freunde und das Burgverlies
Klettbuch 26061 (ab Klasse 5)

Brězan, Jurij:
Die Schwarze Mühle
Klettbuch 26197 (ab Klasse 7)

David, Kurt:
Antennenaugust
Klettbuch 26113 (ab Klasse 6)

Degener, Volker:
No future?
Klettbuch 26132 (ab Klasse 9)

Donnelly, Elfie:
Tine durch zwei geht nicht
Klettbuch 26161 (ab Klasse 5)

Feustel, Günther:
Ein Indio darf den Tag nicht verschlafen
Klettbuch 26123 (ab Klasse 5)

Gutzschhahn, Uwe-Michael:
Der Sog
Klettbuch 26208 (ab Klasse 6)

Heuck, Sigrid:
Mondjäger
Klettbuch 26216 (ab Klasse 7)

Heyst, Ilse van:
Alles für Karagöz
Klettbuch 26098 (ab Klasse 5)

Holmås, Stig:
Donnersohn
Klettbuch 26167 (ab Klasse 5)

Kerr, Judith:
Als Hitler das rosa Kaninchen stahl
Klettbuch 26071 (ab Klasse 6)

Kipling, Rudyard:
Aus den Dschungelbüchern
Klettbuch 26129 (ab Klasse 6)

Kleberger, Ilse:
Jannis der Schwammtaucher
Klettbuch 26099 (ab Klasse 5)

Krausnick, Michail:
Die eiserne Lerche
Klettbuch 26189 (ab Klasse 9)

Kurt, Kemal:
Wenn der Meddah kommt
Klettbuch 26215 (ab Klasse 5)

Lornsen, Boy:
Feuer im Nacken
Klettbuch 26182 (ab Klasse 5)

Lornsen, Dirk:
Rokal der Steinzeitjäger
Klettbuch 26175 (ab Klasse 5)

Martin, Hansjörg:
Bewölkte Vergangenheit
Klettbuch 26145 (ab Klasse 7)

Noack, Hans-Georg:
Trip
Klettbuch 26119 (ab Klasse 8)

Der Papalagi
Klettbuch 26102 (ab Klasse 9)

Pestum, Jo:
Heinrichs Geheimnis
Klettbuch 26207 (ab Klasse 6)

Procházková, Iva:
Entführung nach Hause
Klettbuch 26227 (ab Klasse 5)

Rauprich, Nina:
Das Jahr mit Anne
Klettbuch 26214 (ab Klasse 6)

Scharrelmann, Wilhelm:
Piddl Hundertmark
Klettbuch 26192 (ab Klasse 5)

Spillner, Wolf:
Taube Klara
Klettbuch 26188 (ab Klasse 5)

Tetzner, Lisa:
Der Fußball
Klettbuch 26082 (ab Klasse 5)

Tetzner, Lisa:
War Paul schuldig?
Klettbuch 26097 (ab Klasse 7)

Welsh, Renate:
Spinat auf Rädern
Klettbuch 26196 (ab Klasse 5)

Wölfel, Ursula:
Joschis Garten
Klettbuch 26116 (ab Klasse 5)

Wölfel, Ursula:
Mond Mond Mond
Klettbuch 26213 (ab Klasse 5)

Klassische Abenteuerlektüre

Defoe, Daniel:
Robinson Crusoe
Klettbuch 26065 (ab Klasse 7)

London, Jack:
In der Wildnis des Nordens
Klettbuch 26199 (ab Klasse 6)

Lütgen, Kurt:
Auf einer Insel weit draußen im Meer
(4 Erzählungen)
Klettbuch 26212 (ab Klasse 6)

Traven, B.:
Der Schatz der Sierra Madre
Klettbuch 26088 (ab Klasse 9)

Wassermann, Jakob:
Das Gold von Caxamalca
Klettbuch 26042 (ab Klasse 7)